COLLECTION FOLIO

Philippe Sollers

Désir

Gallimard

Philippe Sollers est né à Bordeaux. Il fonde, en 1960, la revue et la collection « Tel Quel » ; puis, en 1983, la revue et la collection « L'Infini ». Il a notamment publié les romans et les essais suivants : *Paradis, Femmes, Portrait du Joueur, La Fête à Venise, Le Secret, La Guerre du Goût, Le Cavalier du Louvre, Casanova l'admirable, Studio, Passion fixe, Éloge de l'infini, Mystérieux Mozart, L'Étoile des amants, Dictionnaire amoureux de Venise, Une vie divine, Guerres secrètes, Un vrai roman : Mémoires, Les Voyageurs du Temps, Discours Parfait, Trésor d'Amour, L'Éclaircie, Fugues, Portraits de femmes, Médium, L'École du Mystère, Mouvement, Complots, Beauté, Centre, Le Nouveau, Désir* et *Légende.*

L'HOMME DE DESIR.

1790

Un coup de ton doigt sur le tambour décharge tous les sons et commence la nouvelle harmonie.

RIMBAUD

TRACES

La confiance est la clé. Sans elle, rien ne serait possible, le geste que je tente n'aurait pas lieu, mon bras se perdrait loin de moi, je ne trouverais pas les mots que je cherche. Heureusement, les voici.

La confiance est le chemin sûr. Elle ouvre la voie, elle fleurit, elle parle. L'être humain a le choix entre trois chemins. Le premier est vide, obscur et impraticable. Il conduit vers le troisième, celui de la foule qui vit dans le va-et-vient de l'erreur. Seul le deuxième, pour celui qui maintient un violent désir de liberté, conduit à la vérité. Combien d'aventuriers inspirés sont passés par là ? On l'ignore. Ils ont mis toute leur confiance dans cette direction qui les appelait. Elle n'est répertoriée sur aucune carte. Seul un désir très spécial la crée.

En 1790, à Paris (notez bien le lieu et la date), Louis-Claude de Saint-Martin, plus connu sous le nom du « Philosophe Inconnu », publie *L'Homme de Désir*, claire déclaration révolutionnaire de l'Illuminisme :

« Sois bénie, lumière brillante, splendeur visible de la lumière éternelle, d'où ma pensée a reçu l'existence.

Si ma pensée n'était pas une de tes étincelles, je n'aurais pas le pouvoir de te contempler. »

Il commence très fort, en disant que les merveilles du Seigneur semblent jetées sans ordre et sans dessein dans le champ de l'immensité, et qu'elles brillent, éparses, comme ces fleurs innombrables dont le printemps émaille les prairies. « Tous les êtres tiennent à toi. C'est leur liaison secrète avec toi qui fait leur valeur, quels que soient la place et le rang qu'ils occupent. »

Tout ce qu'il faut, donc, pour passer à la guillotine quatre ans plus tard. Justement, non. L'Histoire est plus mystérieuse qu'on ne croit.

Saint-Martin est né en 1743 à Amboise, et mort à Aulnay-sous-Bois en 1803 (retenez ces dates). Lorsqu'il était en garnison militaire à Bordeaux, dans sa jeunesse, il a subi l'influence d'un juif kabbaliste pas assez connu, Martinez Pasqualis. Un an avant sa mort, en 1802, il publie son grand livre, *Le Ministère de l'Homme-Esprit*, très proche du *Mysterium Magnum* de Jakob Böhme (1575-1624). L'Esprit souffle où il veut, quand il veut. Il vient de se faire entendre contre ma fenêtre.

Je vais demander à Laurence, mon amie avocate de Bordeaux, de faire des recherches sur la présence spirituelle du Philosophe Inconnu dans cette ville. Elle a sûrement les relations qu'il faut.

CONTRE-DÉSIR

Laurence, en tant qu'avocate, récolte beaucoup de renseignements sur le chemin de la foule menant au contre-désir. Là, règnent la défiance, les passions négatives, les opinions changeantes, l'erreur. Le désir doit être contredit sans cesse, rien de sa vérité ne doit arriver. Les réseaux de Laurence sont ceux du Barreau, redoublés par son appartenance maçonnique. Bien entendu, elle ne parle jamais de sa société secrète, juste un signal, de temps en temps.

Elle est gaie, très intelligente, déjeuner avec elle est une fête du vocabulaire. La méchanceté humaine est son élément. Divorces, héritages, fraudes, diffamations, dénonciations calomnieuses affluent vers son étude, rue Esprit-des-Lois, à Bordeaux. En deux heures de TGV, elle est à Paris, au Palais de Justice. Je la rejoins là, et elle est très chic dans sa robe d'avocate qui fait ressortir sa désinvolture. Je la laisse parler, elle croule sous des dossiers et des anecdotes. Sa vie est un roman permanent.

Le grand sujet, désormais, est la violence sexuelle, les agressions multiples et les viols, révélés par la libération de la parole des femmes. Ça a commencé aux États-Unis dans le cinéma, mais l'explosion est vite devenue générale, avec les slogans sur Internet, « Balance ton porc » et « Me too ». Les plaintes évoquent parfois des faits très anciens, et crépitent dans tous les sens. La chasse aux porcs masculins est ouverte dans les entreprises, les services publics, les milieux politiques et cinématographiques. Une journaliste porte plainte, vingt ans après, pour agression sexuelle contre une célébrité mâle, qui, lors d'une interview, a mis sa main sur sa cuisse. Le concept de *cuisse* résonne partout.

Les abus de faiblesse ne se comptent plus. En réalité, les femmes ont été harcelées, agressées et violées depuis la plus haute Antiquité, mais pourquoi parlent-elles *maintenant*? Effondrement du patriarcat? Mise en place de la reproduction technique? Découverte plus que tardive de la différence sexuelle? Sans doute, sans doute. En tout cas, un monde nouveau surgit, celui du contre-désir. Le désir était brutal et absurde, le contre-désir ramène la sécurité. Les hommes étaient ridicules de poursuivre les femmes de leurs fantasmes. Ça va continuer, mais le truc est crevé.

Regardez l'homme du contre-désir : il est très agité, son seul pôle est l'emploi qu'il occupe. Il veut monter de plus en plus haut dans l'ascenseur social, sa tête est pleine de chiffres, c'est un manager for ever. La femme de contre-désir est pareille, meilleure encore en termes de marketing. Si ces deux-là s'accouplent, d'une manière ou d'une autre, c'est juste pour vérifier la répulsion que son partenaire lui inspire. Elle l'ennuie, il la choque. Ils se parlent le moins possible, et toujours d'argent. Leurs enfants sont idiots et insatiables. Il faut sans cesse leur acheter autre chose, changer les téléphones portables et les ordinateurs, les emmener en vacances, les empêcher de consulter des sites porno, débrancher la télévision devant laquelle ils s'abrutissent pendant des heures, tenter de contrôler leurs contacts sur le Net. Horreur : ils communiquent en prenant des pseudos, en jouant à être adultes, alors qu'ils ne sont même pas des ados.

Au moindre signe de vrai désir, la répression s'organise. Cette fille est bizarre, elle préfère jouer du piano classique et délaisse son ordinateur. Elle se passionne pour des vieilleries et des virtuoses de l'ancien temps, semble mépriser tout ce qui est rock ou pop. Elle ne va pas en boîte, et reste dans sa chambre en lisant des philosophes déconseillés par les professeurs. Il faut la marier, et lui faire passer des *masters*. Le garçon, lui, est rêveur, n'arrête pas de lire des poèmes, et s'emballe pour des auteurs d'autrefois répertoriés comme machos par l'Alliance Féministe Universelle. Le plus anormal est qu'il ne paraît avoir aucune tendance homo. Il faudra lui prévoir un stage dans une entreprise. Une banque peut le sauver, s'il n'est pas trop tard.

Grâce aux tornades de dénonciations, l'humanité prend enfin conscience que 80 % des femmes n'ont aucun intérêt pour la sexualité, et sont en général obligées d'y souscrire pour des raisons de pouvoir ou d'emprise. On peut répartir les 20 % qui restent en 10 % de spécialistes de l'auto-érotisme, et 10 % d'homosexuelles plus ou moins installées ou mariées entre elles. Inutile de dire que les hommes, à part le réseau gay en extension fulgurante, ne sont pas au courant de ces 20 %. Ces hétéros primaires foncent dans le tas, gros bêtas. Même s'ils tournent homos, ils demeurent les employés organiques de leurs mères.

PHILOSOPHE

Je reprends la voie du grand désir, et je tombe là, tout de suite, sur le beau jardin de Laurence, à Bordeaux. On a 15 ans, elle m'invite de temps en temps chez elle, ses parents sont absents. On est assis côte à côte sur le banc vert, à côté du laurier en fleurs. Elle vient de poser sa tête sur mon épaule gauche. On va sûrement s'embrasser. Qui va décider ? Elle.

On s'est donc beaucoup embrassés, ce printemps-là, avant mon départ pour Paris. Elle a continué son droit à Bordeaux, on est restés amis, avec une couleur spéciale. J'aime sa lucidité et son insolence. Sa voix est nette et rapide. Si j'avais un problème juridique, elle me défendrait très bien. Elle pense que j'aurais pu faire un excellent avocat, et ne comprend pas que je passe mon temps à m'occuper de littérature. Je suis son Philosophe Inconnu. Ce surnom l'amuse, mais elle n'a pas vraiment envie d'en savoir davantage. Selon elle, il y a au moins une loge maçonnique, à Bordeaux, où les hauts grades entretiennent le souvenir de Louis-Claude de Saint-Martin. Loge plutôt spiritualiste, donc, issue du camp girondin pendant la Révolution française, et restée très « anglaise », au sens traditionnel du mot.

Le Philosophe Inconnu semble avoir abandonné assez vite les rituels maçonniques, puisqu'il a prétendu avoir bénéficié d'une illumination particulière de la part de l'Être Infini, qui n'a pas grand-chose à voir avec l'Être Suprême de Robespierre. Après tout *L'Homme de Désir* paraît en 1790, année où Mozart est encore vivant. Personne ne se risque à dire que Mozart aura été un franc-maçon comme un autre. Il n'en demeure pas moins que l'influence des « Illuminés de Bavière » se propage très vite, à l'époque, dans l'Europe entière, mais surtout en France, grâce au Philosophe Inconnu.

L'Homme de Désir est d'abord un homme de l'instant. Il vit, s'il le veut, à la seconde près, ce qui a parfois des inconvénients au milieu du bruit des sociétés modernes. Il y a eu, au cours du XVIIIe siècle, des sociétés discrètes, dont l'une, *La Société du Moment*, pour faire longuement rêver. Le Philosophe Inconnu l'a-t-il fréquentée ? C'est probable, mais pas longtemps non plus, si on relève sa réserve instinctive à l'égard du mot « Société ».

On ne sait presque rien sur sa vie. Il a sûrement lu le *Mysterium Magnum* de Jakob Böhme, mais ses activités, pendant la Révolution, restent obscures. Il est quand même plus qu'étrange qu'il ait été chargé de faire l'inventaire des livres de la religion catholique en cours de liquidation. Pas un mot là-dessus, pas un mot non plus sur les projets d'une nouvelle religion nationale. Le Philosophe reste philosophe, il n'aspire à aucun pouvoir spectaculaire. Un esprit curieux s'étonnera peut-être de la coïncidence suivante. En 1764, le musicien Joseph Haydn, alors âgé de 32 ans, compose, à Vienne, une symphonie éclatante en *mi* bémol majeur, la 22e de son œuvre, et l'appelle *Le Philosophe.* Saint-Martin a 21 ans à ce moment-là. Il paraît exclu qu'il y ait eu le moindre contact direct entre Haydn et le jeune et étrange Illuministe. Tout n'est pas démontrable, mais ce rapprochement *musical* attire l'attention.

L'Homme-Esprit est né, il est à l'attaque, mais presque personne ne s'en rend compte (sauf Hegel, en 1806). Peu à peu, à travers des événements gigantesques, l'homme courant devient l'Homme-Atome, à la recherche de ses identités perdues. Il court en poursuivant ses incarnations flottantes, se transforme en sac de molécules, disponible pour servir une intelligence supérieure transhumaine. Son corps polysexuel n'a plus besoin de penser ni de désirer. Le Philosophe Inconnu, sauf métamorphose secrète, est donc porté disparu.

PRINCIPES

Il est pourtant là, dans un coin de Paris, le Philosophe, à l'écart de l'indiscrétion générale. Peu importe son identité provisoire, ce sont des principes qui l'animent, pas des apparences ou des opinions.

Principe n° 1 : rappeler sans cesse l'illumination primitive.

Principe n° 2 : capter et chasser à chaque instant les nuages toxiques de l'Histoire.

Principe n° 3 : vivre aussi tranquillement que possible avec les habitants du lieu.

Cette dernière activité n'est pas difficile. Vous adoptez les coutumes, les croyances majoritaires, les réflexes conditionnés. Vous faites très attention à votre attitude envers les femmes : il faut qu'elles soignent votre réputation. Vous évitez toute manifestation de désaccord avec le parti dominant ou avec le parti contraire, bref vous existez le moins possible dans le repérage policier. Naturellement, vous pouvez donner le change en étant très connu, et même célèbre. L'important est que vous ne soyez jamais deviné comme étant le Philosophe Inconnu.

Vous êtes né, autrefois, dans l'explosion de la Révolution française, tellement oubliée en France que ce pays vous convient pour poursuivre votre pénétration. Cette Révolution, unique au monde, vous permet d'être partout chez vous. Rien de ce qui a lieu sous le Ciel ne vous est étranger. Vous parlez les langues les plus diverses, puisque vous les améliorez en français. Vous êtes porteur d'une information considérable, impossible à divulguer, et, en somme, d'une relique beaucoup plus efficace que la Couronne d'épines du Christ, sauvée in extremis dans l'incendie récent de Notre-Dame de Paris. C'est un billet griffonné sur un coin de table, signé Robespierre. Il vous ouvre toutes les portes, même les plus verrouillées.

Ce billet nucléaire, qui exprime l'ultime pensée, avant sa mort, du grand terroriste porte sur sa conversion à la religion catholique et à l'autorité spirituelle du pape. Par son écriture tremblée, il peut évoquer le Mémorial de Pascal, mais le feu qui l'anime est quand même de la main d'un grand et mystérieux criminel. Ce message explique, selon vous, l'étrange silence de Saint-Just, lors du dernier discours sacrificiel du dictateur suprême. Force est de constater que le Philosophe Inconnu *était là.*

Le Philosophe sait que son témoignage ne peut être publié nulle part. Le Vatican y est violemment opposé, même s'il y a encore des jésuites pour assurer la sécurité de ce personnage exceptionnel. Les Hauts Grades maçonniques, du moins en France, le considèrent comme un Initié de première grandeur, auquel, de temps en temps, ils demandent conseil. Rien ne filtre de ces rencontres très brèves, où le Philosophe assure, chaque fois, que la Révolution initiale continue de plus belle, alors que tout le monde prétend le contraire. Le chaos *s'oriente*, malgré des kilotonnes de contradictions. Comme en alchimie, le Ministère de l'Homme-Esprit se poursuit.

Quelques femmes, très singulières, ont bien connu ou connaissent encore le Philosophe. Inutile de les interroger, elles ne diront rien, sauf, parfois, que, contrairement aux philosophes barbants de tous les temps, c'était un homme séduisant et très drôle. On peut les considérer comme des saintes spéciales, d'un athéisme lumineux et charmant. En étudiant leurs vies, on arriverait vite à la conclusion qu'elles ont toutes été, ou continuent d'être, révolutionnaires.

INCORRUPTIBLE

Comme vous ne trouvez jamais le Philosophe dans l'Université, ses moyens de subsistance restent inexpliqués. Il ne manque jamais de rien, mène une vie très confortable, transforme peut-être, en douce, le plomb en or. Il n'est pas devenu psychanalyste comme il en avait les capacités, mais il doit donner des cours particuliers. Où, quand, comment, et à qui ? Difficile à dire, ses vrais amis sont inconnus. Visiteur du soir de Robespierre, on reconnaît sa marque dans le surnom de ce dernier, « l'Incorruptible ». Quel rêve ! Dans une corruption de plus en plus généralisée, on ose à peine penser à une telle possibilité humaine. Et pourtant, elle a eu lieu, et elle continue d'avoir lieu.

Le Philosophe est incorruptible. S'il choisit de s'exprimer à travers tel ou tel écrivain, on le reconnaît immédiatement à son style : net, contradictoire, énergique et fluide. Qu'il ait eu plusieurs signatures n'a pas d'importance. On ouvre un livre en français, et on sait, au bout de trois lignes, que c'est lui. La Révolution est là, aucun doute. C'est tranchant, percutant, limpide, répétant sans fin que le Bien absolu ignore absolument le Mal. Le ton est parfois un peu forcé, comme dans cette déclaration à l'emporte-pièce :

« En son nom personnel, malgré elle, je viens renier, avec une volonté indomptable et une ténacité de fer, le passé hideux de l'humanité pleurarde. »

Compte tenu de sa persistance dans le temps (plus de deux siècles), on a pu voir le Philosophe avec des femmes très différentes. En 1763, quand il est en garnison à Bordeaux, il n'a que l'embarras du choix parmi les femmes brunes de la région. Pendant la Révolution, tous les lits sont ouverts, et il a de la peine à se rappeler tous les prénoms de cette époque unique en son genre. Manon, Olympe, voilà des femmes inoubliables, et on ne retrouvera Olympe que beaucoup plus tard, sous les traits d'Olympia. Entre-temps, il aura fallu s'ennuyer beaucoup en province, avec deux ou trois Emma. Enfin le cinéma s'occupe de tout, et le Philosophe pourra intervenir, mais sans succès, auprès des grandes mélancoliques, Greta, Marilyn, Ava. À Paris, en mai 1968, il est partout et nulle part, et pourtant des slogans comme « Ne travaillez jamais » ou « Soyez réalistes, demandez l'impossible », sont clairement dans son style. De nos jours, on déchiffre son action plutôt en Chine qu'en France. Qui irait contester son empreinte sur l'étrange développement chinois ?

Plus la corruption augmente, plus l'Incorruptible se porte bien. C'est l'antidote absolu au poison violent du naufrage. Dans un monde déboussolé seule sa boussole est sûre. Il vient de la consulter, et, comme il le pensait, malgré une actualité massacrante, tout va bien, et de mieux en mieux. Il garde cette information pour lui, il a l'habitude. Santé d'abord, et bonsoir.

La source lumineuse persiste, s'approfondit, et se manifeste maintenant par une prolifération de *détails*. Les détails, voilà l'essentiel. Le Diable s'y tient caché, et c'est un allié impeccable. Il veut la perte de ses possédés, il montre du doigt un fil presque imperceptible. La fraude apparaît, le délit s'avoue. La vérité surgit des détails.

Une anecdote révélatrice raconte que quelqu'un a demandé un jour au Philosophe Inconnu s'il était « croyant ». Il aurait répondu froidement : « Je ne crois qu'aux détails. »

TRANSMISSION

Le Philosophe se souvient de ses controverses de jeunesse avec des rabbins, des théologiens, des imams, des prêtres et des philosophes. Les rabbins lui reprochaient son kabbalisme obstiné, les théologiens son peu d'empressement à se mettre à l'école de saint Thomas d'Aquin en s'en tenant strictement à l'ésotérisme de Dante, les imams ne supportaient pas son mépris du Coran et de Mahomet, les prêtres, les pasteurs et les popes étaient révoltés par sa vie licencieuse et son indifférence à la communauté chrétienne, les philosophes, enfin, dénonçaient ses compromissions révolutionnaires et ses rencontres très libres avec Hegel, Nietzsche ou Heidegger.

Quand Heidegger, à la fin de sa vie, déclare que « seul un dieu pourrait aujourd'hui nous sauver », il semble penser au Philosophe Inconnu. De même Nietzsche, dans plusieurs passages de *L'Antéchrist.* Ces hommes de grand désir ont échoué, parce qu'ils n'ont pas su se taire. Toute l'expérience du Philosophe Inconnu porte sur le silence. Comme il n'est pas mystique, mais passionnément rationnel, il reste à imaginer son but.

Un fragment nous met sur la voie :

« Dehors la tempête fait rage. J'ouvre la porte, je rentre, et, aussitôt, la grande vérité du merveilleux silence est là. » Cette indication, pourtant très claire, a complètement échappé à la critique littéraire, de même qu'un autre signal consistant à citer *Les Principes du calcul infinitésimal* de l'ésotériste René Guénon. Cette référence n'aurait pas surpris, en revanche, l'ancien directeur de *La NRF*, Jean Paulhan, martiniste discret et allusif, chez qui, rue des Arènes, à Paris, le jeune auteur dont nous parlons venait lire des livres très rares.

La « grande vérité » résonne comme un autre titre chinois de René Guénon, *La Grande Triade*, que Paulhan me donnait à lire, pendant qu'il travaillait à une autre table en écoutant bizarrement la radio. Il y avait aussi un Laozi dans une traduction ancienne approximative. Le comportement de Paulhan était très chinois, toujours indirect, évanescent, ironique. Est-ce lui qui m'a mis entre les mains *Le Ministère de l'Homme-Esprit*? C'est probable. Je le regardais, en douce, faire son courrier, petites cartes pour inquiéter les destinataires, belle écriture ronde vocale. C'est quand même pour ce type-là, grand lecteur de Sade, qu'une femme a écrit le meilleur livre érotique féminin, *Histoire d'O*.

Histoire d'O paraît en 1954, l'année de la mort de Colette (sacré décalage). Gide, mort en 1951, n'a pas eu le temps de voir surgir une telle monstruosité féminine. Quant à Paulhan, qui savoure en secret cette bombe, il pousse la provocation jusqu'à se faire élire à l'Académie française.

Dominique Aury s'appelait en réalité Anne Desclos, mais elle a signé *Histoire d'O* du nom de Pauline Réage, où il n'est pas difficile d'entendre « Égérie Paulhan ». Elle a réagi aux inclinations de son amant seigneur et maître (Sir Stephen), non sans rage. Le préfacier du livre, Paulhan lui-même, s'amuse en démontrant que Sade était masochiste. Il faut préciser que O n'arrive à un spasme libérateur qu'en se faisant attacher et fouetter.

Stendhal prétendait que le modèle de la marquise de Merteuil, dans *Les Liaisons dangereuses*, lui avait offert des bonbons, lorsqu'il était un jeune garçon. J'ai vu, près de moi, au comité de lecture des Éditions Gallimard, la vieille et charmante Dominique Aury, O elle-même, s'endormir peu à peu, après avoir nettement parlé dans le soir tombant. C'était émouvant.

MISSIONS

Les Français sont bizarres. D'accord, ils ont fait la Révolution, le Philosophe était là, on lui doit l'essentiel de l'événement, mais la chute ultérieure n'en a été que plus rude. Le Philosophe, aujourd'hui, ne peut plus parler de la Révolution à personne. Il a connu de pauvres gens qui se prétendaient propriétaires de la chose. Leur décomposition est patente, et l'arrogance stupide de leurs adversaires ne vaut pas mieux.

Personne ne peut parler sérieusement d'une « philosophie française ». Des écrivains se sont dévoués en faveur de l'Illuminisme (parmi lesquels Balzac, Baudelaire, Ducasse, Rimbaud), mais le Philosophe mérite de plus en plus son nom d'Inconnu. Regardez-le agir. Il est là, le 14 juillet 1789, à la Bastille, dont il fait libérer Sade. C'est lui qui organise, en sous-main, la cérémonie de mai 1981 au Panthéon, avec le triomphe de la neuvième symphonie de Beethoven, devenue l'hymne européen officiel.

Cette symphonie commence mal, on sent que le musicien frappe et s'essouffle, une demi-heure pour rien, on s'ennuie. Mais, soudain, miracle : l'*Hymne à la joie* éclate, transforme une marionnette républicaine en Empereur, les voix se chevauchent dans une cavalcade, au nom de la liberté et de la fraternité. Beethoven n'est plus sourd, il chante. Le poème de Schiller a beau être tarte, l'émotion déborde, les morts revivent dans leurs cryptes, des roses rouges socialistes tombent sur eux, l'avenir est radieux. Le Philosophe, après avoir fait pression sur le célèbre Schiller, s'occupe aussi de musique. Il va voir Beethoven, lui conseille de sauver vocalement sa symphonie enlisée, et, pour faire bonne mesure, lui commande une *Missa solemnis* et un dernier quatuor transcendant. Voilà de la philosophie concrète.

Après s'être enthousiasmé pour Bonaparte, héros de la liberté, Beethoven n'aime plus Napoléon en tant qu'Empereur, d'autant plus qu'il vient de rétablir l'esclavage. Le Philosophe, là, reste prudent, voit se dessiner une nouvelle ère de transformations inouïes. Il se retire des apparences humaines en 1803, et n'émettra plus, désormais, que des signaux codés.

Le Philosophe peut compter sur quelques disciples solides en Allemagne. Il évite le tintamarre criminel allemand et russe, n'a aucun espoir dans l'Amérique, se cache le plus souvent en Italie, mais poursuit sa mission en Asie. Il a fait suffisamment de chinois pour se débrouiller à Shangai avec la Triade qui l'accueille. On perd sa trace pendant l'ère Mao (mais la rumeur veut qu'il ait soutenu, et même conseillé, le délire de ce dictateur criminel). L'expression-piège « Que cent fleurs s'épanouissent » serait de lui, ainsi que la décision blasphématoire de s'en prendre à Confucius. Le Philosophe Inconnu aurait-il été un taoïste infiltré au cœur du pouvoir ? Avouez que ça ne manquerait pas d'envergure.

Rentré à Paris, il change brusquement de technique, et, pour rester inconnu, décide de se faire connaître à outrance. En quelques années, on le voit et on l'entend partout dans l'univers médiatique, il écrit dans les journaux les plus influents, puis passe sur Internet où il se déchaîne. Soudain, il est injoignable, mais le Système a pris goût à ses improvisations. Il réapparaît, cherche le contact direct, et augmente, du même coup, sa clandestinité. Ce genre d'acrobatie exige d'avoir de grandes qualités nerveuses. Il les a et il dort très bien.

Il peut s'allonger n'importe où, n'importe quand, et dormir tout de suite. Le fond du délire humain ne le gêne pas, pas plus que les rêves. Il s'habitue à la mort, se voit face à face avec son cadavre, a des pensées émues pour les pauvres corps pourris ou en cendres. Qu'importe tout cela, l'esprit va. Il a parfois l'impression de dormir debout, comme tout le monde. Mais c'est un prélude à une vive saisie des paysages qu'il prend dans ses bras.

Une des maîtresses du Philosophe lui a dit un jour, en riant, qu'il était une merveille de la nature. On connaît cette anecdote par une correspondance inédite qui sera publiée un jour. La lettre où cette formule apparaît date de 1801, la correspondante vit dans l'entourage de Napoléon, elle est d'origine hollandaise. Le Philosophe semble l'avoir aimée, en l'utilisant aussi pour un certain nombre de missions discrètes. Ces lettres nous en apprendront certainement beaucoup sur la personnalité de cet inconnu.

INDICES

Une des révélations de ces lettres souligne la présence insolite du Philosophe Inconnu dans l'expédition de Bonaparte en Égypte. Il a donc assisté, en 1798, à l'âge de 55 ans, à la bataille navale d'Aboukir, défaite d'une escadre française devant l'amiral Nelson. Ce point confirme l'activité marine du Philosophe, qui a fait beaucoup de bateau dans sa jeunesse, quand il était en garnison à Bordeaux. Les philosophes sont, en général, des Terriens maniaques, on dirait qu'ils n'ont jamais vu l'océan ni le large. Ils sont, pour la plupart, des boursiers laïques d'origine modeste, rats de bibliothèques vivant sur leurs *lopins*.

Prenez aujourd'hui un ancien élève de l'École normale supérieure à Paris. Il est encore jeune, il sait tout, il connaît tout, il a tout compris. Il a renoncé à une carrière philosophique, il parle avec dédain des normaliens célèbres qui l'ont précédé, il a décidé d'être journaliste et d'écrire dans les magazines. Il devient chroniqueur philo, maigre supplément d'âme dans le monde publicitaire. Avec un peu de chance, il décrochera un emploi du genre « sérieux » à la télé. On verra son visage boudeur sur les chaînes, on entendra ses généralités vaseuses et conservatrices sur l'actualité.

Le Philosophe, lui, n'aura pas connu, dans sa première vie, le stockage des ovocytes, le trafic des paillettes de sperme, les « marches blanches » en hommage aux fillettes violées et étranglées par des tueurs dopés au Viagra. Il constate que l'être humain post-moderne, mâle ou femelle, contemporain de l'intelligence artificielle et de l'immersion dans le numérique, est désormais conçu à l'hôpital, naît à l'hôpital, travaille à l'hôpital, meurt à l'hôpital, et est incinéré au crématorium de l'hôpital. Ces nouveautés le laissent d'ailleurs impassible, rien ne pouvant plus l'étonner dans la progression de la folie spectaculaire. Il a compris très vite la violence illimitée et burlesque du Contre-Désir.

La Chine, qui étonnera toujours le monde occidental par ses contradictions apparentes, décide un jour, dans une révolution culturelle invraisemblable, de déboulonner Confucius de son piédestal. Le voilà réhabilité et reconsacré comme penseur capital. On se prosterne devant son image, les enfants l'apprennent par cœur, tous les rituels le concernant foisonnent. Cet apôtre de la soumission familiale et sociale a plus de deux mille descendants, qui le font savoir avec des sourires d'abrutis. La propagande communiste et capitaliste (à moins que ce ne soit le contraire) n'en finit pas de donner en exemple la moralité, l'humilité et l'harmonie. Vous glissez toutes ces valeurs dans la surveillance de la police, et c'est cuit.

Confucius (maître Kong) est partout, et vous enveloppe de son sourire. Il est épatant dans un film où on le voit échouer à trouver un emploi de conseiller du prince. Deux mille cinq cents ans plus tard, c'est fait. Le moment le plus émouvant est sa mort. On voit le vieil acteur chinois à barbiche ramasser avec peine, à la lueur des bougies, les rouleaux qui doivent transmettre son œuvre. Allongé, il arrive à prononcer ses dernières paroles : « La grande montagne doit s'effondrer, la poutre la plus solide se briser, le sage se faner comme une plante. » Ce n'est pas drôle, et on a envie de pleurer. En quoi ce sage lucide, mais assez content de lui pour se considérer comme une grande montagne, est un parfait nihiliste appelé à modérer les esprits. Il est ainsi employé comme tel dans les entreprises.

MORT

Moins la vie du Philosophe est connue, plus son influence augmente. De nos jours, tout est trop connu, indéfiniment fouillé, déchiffré, scanné, numérisé, archivé. Un élément qui échappe augmente donc sa puissance. En conséquence, personne n'est plus inconnu que le Philosophe Inconnu. Il faut dire que la manière qu'il a de se faire connaître est unique. Il choisit ses témoins, en refusant les disciples. Les témoins sont l'objet d'une révélation lumineuse qu'ils n'ont pas besoin d'exprimer. Ils la vivent, ou, plus exactement, sont vécus par elle. Certains se reconnaissent à leur façon de parler. C'est une sorte de silence actif, comparable à rien d'autre.

Les circonstances de la mort du Philosophe, en 1803, restent obscures. Des rumeurs ont couru, les mêmes que pour Mozart. Il est fort possible que la police napoléonienne, en pleine réorganisation de surveillance des sociétés secrètes, ait trempé dans cette disparition prématurée. Il a alors 60 ans, et c'est encore jeune. Mais il a sûrement déplu à beaucoup de monde à la fois.

Pour aujourd'hui, puisqu'il continue de vivre, le Philosophe laisse des instructions précises pour le cas où il se trouverait dans un état grave. Pas d'acharnement thérapeutique, pas de maintien dans un coma foireux, la mort plutôt que le moindre risque d'une existence diminuée plus ou moins gâteuse. Quand on a *vécu* la mort, une vie qui ne serait pas à sa hauteur n'a plus d'intérêt. Encore une fois, pas de suicide, pas de crémation, une navigation selon la nature. En dehors de toute déclaration verbale, seule une rose pourra être sculptée sur sa tombe.

Une fois réglés ces détails, la pensée suit son cours, à travers de nombreux obstacles. Les plus éprouvants sont les plus conscients, surtout le fait de découvrir que *la mort rêve.* Le Philosophe se sent souvent rêvé par la mort qu'il ne cesse pas d'être. Ces rêves sont difficiles à diriger, surtout s'ils portent sur des souvenirs anciens presque complètement oubliés. La mémoire devient alors un reproche d'une véhémence absurde.

Jusqu'à hier, l'Histoire était écrite par les vainqueurs, sans qu'on se soucie vraiment de leurs exagérations grossières. Aujourd'hui, la falsification est plus subtile : ce sont les vaincus qui s'expriment, en cachant soigneusement ce qui peut expliquer leur défaite. Seules les victimes ont le droit de parler. Le Système a réussi ce prodige : les esclaves célèbrent leur propre asservissement, au nom d'une révolte impossible. Le bilan de cette faillite est clair : les esclaves ont échoué parce qu'ils ont toujours eu raison. Le disque peut continuer à tourner sur le même air.

Le Philosophe a bien connu les philosophes de son temps. Il a pu observer de près leurs limites, et, peu à peu, leur décomposition en « intellectuels » salariés. À quoi bon des philosophes dans un déluge de publicité et de journalisme ? Publicité absolue, journalisme absolu. Où se cacher, pour penser, devant ce qui ne s'arrête jamais ? Tout indique pourtant que le Philosophe avait trouvé sa cachette. Appelons-la *le Verbe*, puisqu'il lui est arrivé de dire : « Ils parlent, ils parlent, mais ils ne *verbent* pas. »

Il a d'ailleurs écrit ce qui suit :

« Les mots sont devenus dans les langues humaines ce que la pensée est devenue dans l'esprit des hommes. Les mots sont devenus comme autant de morts qui enterrent des morts, et qui souvent même enterrent les vivants ou ceux qui auraient le désir de l'être. Aussi l'homme s'enterre-t-il lui-même journellement avec ses propres mots altérés qui ont perdu tout leur sens. »

RÉVOLUTION

Voici une confidence du Philosophe, dans une de ses lettres :

« Je me suis senti de tout temps un si grand penchant pour la voie intime et secrète que la voie extérieure ne m'a pas autrement séduit, même dans ma plus grande jeunesse. Mon œuvre tourne tout entier du côté de l'interne. »

On comprend qu'il n'a pas traîné longtemps dans les cérémonies communautaires. Il écrit ainsi à quelqu'un qui le presse de venir en Suisse pour un rituel maçonnique : « Il n'y a pas d'autre mystère pour arriver à cette sainte initiation que de nous enfoncer de plus en plus dans les profondeurs de notre être, et de ne pas lâcher prise tant que nous ne sommes pas parvenus à en sentir la vivante et vivifiante racine. »

Le plus étonnant dans l'expérience du Philosophe est qu'il se sent partout en état de paix perpétuelle, comme s'il bénéficiait d'une bénédiction supérieure. Il traverse des convulsions historiques énormes, entouré d'un calme providentiel. Une certaine Madame de B. qu'il appelle « Ma B. » aurait, sur ce point, bien des choses à nous dire. On a cherché en vain leur correspondance, probablement brûlée à l'époque. Dans ses vies ultérieures, le Philosophe conservera ses lettres d'amour, et les fera même publier, pour accroître, dira-t-il, sa « part d'inconnu ».

Il n'a en tout cas aucune illusion sur les effets d'une publication :

« Vers la fin de 1802, j'ai publié *Le Ministère de l'Homme-Esprit.* Quoique cet ouvrage soit plus clair que les autres, il est trop loin des idées humaines pour que j'aie compté sur son succès. J'ai senti souvent, en l'écrivant, que je faisais là comme si j'allais jouer sur mon violon des valses et des contredanses dans le cimetière de Montmartre, où j'aurais beau faire aller mon archet, les cadavres qui sont là n'entendraient aucun de mes sons, et ne danseraient pas. »

Le Philosophe Inconnu jouait donc du violon, masque révélateur. Si un film lui était consacré (peu de chances), la séquence violon-cimetière aurait peut-être aujourd'hui un grand succès. Une valse endiablée sur les tombes, promotion du bouquin. En 1802, le grand succès inattendu en librairie est *Le Génie du christianisme* de Chateaubriand. Après le cimetière de Montmartre, on pourrait voir le Philosophe jouer du violon au Père-Lachaise ou au cimetière du Montparnasse, avant de le retrouver sous la coupole du Panthéon, seul à entendre danser les squelettes de Voltaire et de Rousseau dans leurs cercueils.

En revanche, il a pressenti et prophétisé comme personne la Révolution :

« Nous approchons d'un moment où le moule du temps doit être brisé pour tout l'univers, en attendant que le temps soit brisé lui-même, et c'est par la France que cette brisure commencera. »

Il insiste :

« Je crois voir dans notre étonnante révolution un dessein marqué de la Providence de nous faire recouvrer à nous, et successivement à d'autres peuples, le véritable usage de nos facultés. »

Plus étonnant :

« Quand on la contemple, cette révolution, dans son ensemble et dans la rapidité de son mouvement, on est tenté de la comparer à une sorte de féerie et à une opération magique. »

On voit par là que le Philosophe ne croit pas au Diable, puisqu'il va jusqu'à parler de « l'étoile surprenante qui veille sur notre révolution ». Contrairement à ce que pensent tous les dévots à travers les âges, la révolution est éternelle et *brise* le temps.

Ce n'est d'ailleurs qu'un début, et on peut comprendre la suite « en interne » :

« Les révolutions que tout présage devoir se faire dans l'esprit de l'homme, seront bien plus surprenantes encore, et auront bien d'autres suites que nos révolutions politiques. »

On se croirait ces jours-ci. Le Philosophe Inconnu reste intensément révolutionnaire.

GÉNIE

Le Philosophe se pense issu d'une révélation lumineuse, qu'il appelle son « pays natal ». Il en garde un souvenir d'irradiation, et il est sûr de rejoindre un jour cette lumière. Il est donc né deux fois, mais sa première naissance, illuminée, *précède* la seconde, humaine. Sa mort n'est donc pas une mort, mais une réintégration en éclair.

Écoutons-le :

« Le propre de l'être est d'être, numériquement, une continuelle multiplication spirituelle. Sa racine intérieure doit s'élever activement et constamment à sa puissance, et chaque acte de sa vie, de sa pensée et de son désir, doit être un nouveau bourgeon. »

La vie philosophique inconnue est une rose sans pourquoi. En pleine Révolution, c'est un phénomène stupéfiant. Le Philosophe est la Révolution elle-même.

Encore plus explicite :

« L'âme humaine n'est appelée à rien moins qu'à engendrer en elle son principe divin, car c'est une vérité qu'il n'y a pas un être qui ne soit chargé d'engendrer son père. »

Voilà un Fils exceptionnel qui nous rappelle un Fils divin mémorable. Avec sa connaissance des états multiples de l'être, le Philosophe se retrouve dans l'histoire christique, comme s'il l'accompagnait. Après tout, les Apôtres, plutôt incultes, n'ont peut-être rien compris aux langues de feu leur faisant parler des tas de langues inconnues, et ils n'étaient peut-être pas treize mais quatorze. Le treizième, traître sur commande, est immédiatement remplacé par le quatorzième, « l'Apôtre Inconnu », celui qui n'a rien écrit à l'époque, et dont *on ne parle jamais.* Il attend son heure, qui sonne dans la convulsion française, la plus bouleversante de tous les temps.

Vous ouvrez *Illuminations* de Rimbaud et vous constatez tout de suite l'empreinte de l'Illuminisme. Verlaine, peu doué pour une telle dimension, a tourné autour de cette prose fabuleuse sans y rien comprendre. Rimbaud est révolutionnaire, pas Verlaine. Mais, là encore, nous retrouvons le Philosophe Inconnu :

« Le génie est fait pour juger toutes les causes inférieures. C'est pourquoi il doit être indépendant, et qu'il doit en être comme à part, et comme planant au-dessus d'elles dans une autre région, car c'est là la place qu'il faut occuper pour bien discerner, et le génie doit tout embrasser et tout discerner. »

L'Apôtre Inconnu est bien renseigné :

« La source divine étant éternellement dans l'activité ineffable et créatrice de sa propre génération, elle est éternellement dans les délices de sa propre admiration, et sa pensée embrasse et saisit à la fois toute l'universalité de son être. »

N'est-ce pas ce que nous lisons, soixante-dix ans plus tard, dans *Génie* ? « L'amour, mesure parfaite et réinventée, raison merveilleuse et imprévue… » « Le charme des lieux fuyants et le délice surhumain des stations… »

INNOCENCE

S'occuper de l'Éternité en pleine Révolution française est déjà une particularité extraordinaire, mais persister à s'en occuper dans un spectacle continuel de bavardage plat est encore plus étonnant. Le Philosophe, en dix minutes, est passé, via la télé, de pays en pays, de scandales en scandales, de massacres en massacres, d'émeutes en émeutes, le tout commenté à toute allure par l'argent roi. L'Éternité, brièvement retrouvée, a été effacée de l'horizon humain. Le Philosophe, tous moyens de communication éteints, la pense quand même. Elle lui paraît, comme jamais, de plus en plus flagrante et vraie.

La folie instituée travaille à une décomposition générale. En définitive, le Philosophe Inconnu n'a plus à se préoccuper que de sa préservation protégée :

« La pensée de l'homme et sa parole sont des armes tranchantes et des sucs corrosifs qui lui sont donnés pour briser et dissoudre toutes les substances infectées qui l'environnent. Lorsqu'il n'applique pas ces dons puissants à leur véritable destination, ils le corrodent et le détruisent, parce qu'ils ne peuvent rester sans activité. »

Et voilà le problème : tout contact social et humain est désormais *corrosif*, et il faut inventer à mesure les antidotes efficaces. Autant le Philosophe est resté sobre dans l'orgie sanglante révolutionnaire, autant, dans la longue période de Restauration et d'Ordre, il a pris ses dispositions pour vivre dans le désordre. Il s'est familiarisé avec le poison au point de s'appliquer une discipline stricte de philosophie dans le boudoir. Pas de passions cruelles à la Sade, mais des expériences subtiles. L'heure étant à la vulgarité maximale, alcool, drogue et pornographie, il devient donc, par légèreté, de plus en plus invisible.

Sobriété d'un côté, débordements de l'autre. On croit entendre une confidence du Philosophe dans cette intervention de Rimbaud, en 1873 :

« L'ennui n'est plus mon amour. Les rages, les débauches, la folie, dont je sais tous les élans et les désastres, — tout mon fardeau est déposé. Apprécions sans vertige l'étendue de mon innocence. »

Le Philosophe est protégé par son innocence. Comme celle-ci se situe avant le péché originel, elle a de quoi donner le vertige. L'Homme de Désir est le contraire de l'homme du torrent des générations. Il ne peut compter que sur la parole, « feu radical et central », où « même les paroles muettes, prononcées tacitement dans le secret de notre être, peuvent se transformer en substance active » :

« Le silence a aussi ses échos, et l'homme ne peut produire une pensée, une parole ou un acte que cela ne s'exprime sur l'éternel miroir où tout se grave et rien ne s'efface. »

Comme on voit, il déclenche en lui un opéra fabuleux :

« Tous les êtres reposant sur leur propre racine, c'est de la fermentation de cette même racine qu'ils doivent tous attendre leur développement. Si cette racine n'opère pas en nous cet acte végétatif de la lumière, elle opère sa propre destruction en se dévorant elle-même. Ainsi nous portons en nous notre vie et notre mort, et c'est pour cela qu'il est écrit que celui qui voudra ménager sa vie la perdra. »

Si je comprends bien, le Philosophe affirme qu'il faut dépenser sa vie pour ne pas la perdre. On ne connaît rien de ses « dépenses », car il est, là-dessus, d'une réserve absolue.

MUSIQUE

Lorsqu'il écrit, en 1764, sa 22e symphonie en *mi* bémol majeur, dite *Le Philosophe*, Joseph Haydn a 32 ans, Saint-Martin 21 ans, Mozart 8 ans, et de grandes choses se préparent. La symphonie, allègre et dramatique, est très *Sturm und Drang*, tempête et élan. Le Philosophe en a eu connaissance à Bordeaux par ses amis de Bavière. Par la suite, il aime la réécouter souvent. Au XXe siècle, les Hongrois, sous la direction d'Antal Doráti, transforment toutes les symphonies de Haydn en merveilles. Ce sont des illuminations. Ce qui compte le plus, ici, comme message crypté, ce sont les brusques interruptions. Vous êtes au galop dans une forêt, et, tout à coup, arrêt et éclaircie, à droite ou à gauche. Ce sont des *trouées*.

C'est Mozart, à Vienne, qui a fait initier son père et Haydn à la franc-maçonnerie. Saint-Martin l'a été, via le kabbaliste Martinez

Pasqualis, lequel a disparu brusquement de Bordeaux pour aller à Saint-Domingue (c'est-à-dire Haïti). A-t-il participé aux événements révolutionnaires de l'île, sous la direction extérieure de Toussaint Louverture ? Tout le laisse penser : abolition de l'esclavage (1794), projet de république noire (d'où conflit avec Bonaparte). Pasqualis a-t-il reçu là-bas les livres du Philosophe ? Se sont-ils écrit ? Rien ne filtre : tout est trop ancien et trop loin.

Il n'empêche : même sous une forme très dégradée, la Tradition se maintient, et on ne sait jamais, à l'avance, ce qu'elle prépare. Le Philosophe n'était pas attendu hier et avant-hier, il ne l'est pas davantage aujourd'hui, et ne le sera pas demain. Le vrai calendrier est interne, les jours, les mois, les années se mêlent parfois dans un ordre plus audacieux, ou alors traînent, et n'en finissent pas de durer dans l'insignifiance. En Révolution, une semaine de désir peut valoir vingt ans. En Régression, une année d'ennui s'étend sur un siècle.

Une nuit, je rêve du Philosophe. Il me reçoit dans une grande pièce très sombre. Il est assis à son secrétaire dans une robe de chambre très élégante, couleur bordeaux. Un candélabre à sept branches l'éclaire, il vient de poser sa plume pour me parler. Il me dit qu'il va disparaître bientôt, mais il n'emploie pas le verbe « mourir ». Il veut juste me communiquer, à moi et à moi seul, un secret que je mérite de connaître. Lorsqu'il était à Bordeaux, en 1763, il a eu une liaison passionnée avec une certaine Laure, dont il a eu un fils, Pierre. Il me tend un médaillon où figure le portrait d'une très jolie femme brune. Je la reconnais aussitôt tellement elle ressemble à ma mère.

Ce Pierre, me dit-il, est mort, à 30 ans, pendant la Révolution, comme un Girondin parmi d'autres. C'était un brillant avocat, et le chagrin de son père est encore sensible. Voilà, je suis le descendant direct du Philosophe, il voulait m'en avertir, d'où son apparition dans ce rêve. Je me retrouve maintenant dans une rue d'Aulnay-sous-Bois, en Seine-Saint-Denis, dans la banlieue nord-est de Paris, où, effectivement, Louis-Claude de Saint-Martin a disparu. C'est la nuit, et c'est aujourd'hui.

Dans mon rêve le Philosophe est très calme, un peu essoufflé, sa diction est claire, et, pour un homme de 60 ans, il en paraît vingt de moins. Si le mot *sérénité* a un sens, malgré son récit de deuil, il lui convient tout à fait. Son dernier geste a été de poser doucement sa main droite sur ma tête, signe classique de « consolamentum » cathare, appartenant aux Parfaits. L'effet de paix est immédiat, et durable.

L'Illumination, elle, est autre chose : c'est un rapt foudroyant au bord du sommeil. Plus de corps, du feu, et une montée au Ciel impossible. Même si elle se renouvelle, elle a eu lieu une fois pour toutes. J'étais dans un lit, avec une femme aimée. Elle ne s'est doutée de rien, et je n'ai rien dit, puisqu'à ce moment-là il n'y a rien à dire. C'est beaucoup plus tard que le feu *revient.*

En 2019, dans un article qui confirme comment la télévision a pris la place du cinéma, je peux lire l'analyse suivante :

« Cette saga à l'écriture accidentée vaut aussi pour ses choix radicaux et sa photographie, précieuse et étonnamment clairvoyante, de l'évolution des mentalités en Occident. D'abord rustre, bourrue, cruelle, et volontiers luxurieuse, *Game of Thrones* a petit à petit pris le pli de la montée des idéaux féministes et inclusifs, jusqu'à détrôner ses rois, castrer les mâles, tandis qu'elle sacrait les reines et anoblissait des chevalières. Et si l'histoire ne dit pas encore qui exactement montera sur le trône et gouvernera les sept couronnes de son monde fictif, ces huit saisons nous montrent déjà tout le chemin parcouru, pas seulement par la série, mais aussi par nos sociétés. »

Inutile de dire que le Philosophe Inconnu suit de très près ces prophéties techniques. Le nouveau Graal et les Chevalières de la Table Ronde n'ont pas de secrets pour lui.

TRANSPARENCE

Le Spectacle se perfectionne chaque jour, et sa dernière invention générale a un nom : *transparence.* Dans l'ancien monde, vous attendiez des révélations, mais dans le nouveau, elles vous sont immédiatement transmises. Il y avait quelque chose de dissimulé, je fais monter la pression, je déclenche une « affaire », et puis une autre affaire dans l'affaire, après avoir déclaré que l'affaire est beaucoup plus compliquée que prévu. Tout peut changer dans la journée, puisque les témoignages sont contradictoires. L'affaire suivante est déjà là, beaucoup plus explosive. Appréciez l'hystérisation du Spectacle, qui réussit à rendre de plus en plus opaque la vaporisation des milliards.

Vous êtes dans l'ère du *selfisme.* Toute star du Système sait où et quand il faut apparaître, embrasser dix enfants, se faire photographier avec les mères, serrer des mains, et encore des mains, taper sur des centaines d'épaules, sourire et encore sourire, et puis sourire. Vous avez eu votre selfie avec la star, vous le montrez à vos proches, et vous regardez avec eux ce selfie en prenant un selfie. Des millions de selfies tournent ainsi, comme des sauterelles, autour de la planète. Le Philosophe est sorti depuis longtemps de cette Égypte fantôme. Tout juste s'il esquisse un sourire en apprenant, à la radio, que le revolver avec lequel Van Gogh s'est suicidé va être mis aux enchères.

Tout est à vendre, et rien n'est plus conforme au Spectacle que l'*acting-out.* Regardez cet agité de l'acting : il brandit son smartphone, il déclare qu'il a reçu des milliers de messages de félicitations et d'encouragements pour la Gestation qu'il a entreprise, pour obtenir deux jumelles avec son compagnon, dont il est devenu l'époux légitime. Il précise que les messages qui l'ont particulièrement touché venaient de *mamans.* Heureux mec au paradis des porteuses !

La porte à côté, aux Enfers, erre maintenant l'ombre de la courageuse Femen qui s'est dépoitraillée des centaines de fois devant des policiers médusés. Elle a fini par quitter son organisation révolutionnaire, pour faire de la peinture parareligieuse, et elle s'est pendue. Il paraît qu'un collectionneur d'Arabie saoudite a acheté non pas les toiles très moches de la pauvre fille, mais, pour un million de dollars, la *corde* qui l'a expédiée chez le Diable. Le Spectacle a ses martyres tatouées aux seins de glace. La pendue était ukrainienne, mais une autre se sacrifiera. À moins que ne l'emporte la *voilure* d'Allah, à l'usure.

Tout est transparent, sauf l'argent. Les billets de banque ayant disparu, la nuit sera de plus en plus noire. De liquide, l'argent est devenu aérien, avec de fortes crises climatiques. Vous tapez le code sacré 666, et vous obtenez la météo des Bourses. L'information est toujours la même : tout va très mal, mais tout va très bien. L'origine du mot *monnaie* est intéressante : de *Junon Moneta*, « l'Avertisseuse », près du temple de laquelle les Romains frappaient leur monnaie. Comme chacun sait, Junon est la femme jalouse de Jupiter, qui n'arrête pas de la tromper. Elle n'est pas là pour rigoler mais pour faire les comptes. C'est une déesse du Contre-Désir.

Junon est planétaire et ténébreuse. Aphrodite a besoin de soleil et de jardins. Athéna peut vous faire signe à travers des mouettes mais attention, Artémis vous surveille. Junon est moins intelligente que Héra, et Jupiter franchement faiblard par rapport à Zeus. Un homme de pouvoir démocratique est tenu par sa Junon, qui peut aussi bien être un homme, et n'a de divertissements qu'en cachette, ou autorisés par le commissariat de Junon. Attention aux photos porno, elles sont déjà évaluées en *money*.

INVISIBLE

Le vieux Dieu, créateur et procréateur, était censé avoir tiré de sa manche toutes les choses visibles et invisibles. Les visibles sont très abîmées, et les invisibles débordent. Certains complotistes, partisans du Vieux Monde, parlent même d'« État invisible », et voient la main noire du Capital opérant partout. Il est facile de les traiter de paranoïaques, mais plus difficile de démontrer qu'ils ont tort. Ce n'est pas parce que l'invisible se prête à toutes les escroqueries et à tous les délires, qu'il n'est pas là, en plein jour, palpable et actif.

Le Philosophe a une grande familiarité avec l'invisible depuis son enfance, où il se cachait sans arrêt *pour rien.* C'est devenu un réflexe, qui lui a permis d'échapper aux persécutions en tout genre, inquisition, pogroms ou déportations. Il sait se faire oublier, l'inaperçu est sa boussole. Il peut aussi se mêler au visible, et se rendre tellement présent qu'il s'en trouve encore plus caché. L'une ou l'autre technique dépend des circonstances. Tantôt beaucoup d'interventions, tantôt rien. C'est en étant parfois très connu que le Philosophe demeure inconnu.

Ayant toujours suivi son désir, le Philosophe n'a pas de regrets. Pas de doutes, pas d'hésitations, pas de tergiversations, pas d'approximations, pas de ruminations. Son regard intérieur fixe le but : une sphère de lumière solide. Il l'entend battre, comme il entend battre son cœur. S'il sort de son bureau, le moindre jardin se change en musique. Le gravier est un clavecin, la pelouse un piano, le pin parasol un violoncelle, l'acacia un violon, le laurier un basson, le rosier une clarinette. Le concert silencieux est constant, même sous les étoiles. Une éclipse de lune le confirme, puisque la lune, à ce moment-là, passe au rouge sur l'horizon. Le Philosophe, concentré, sait calculer ses éclipses.

Aucun « élitisme », dans les choix du Ministère de l'Homme-Esprit, qui agit en dehors de toute considération sociale. Les privilèges et la richesse peuvent être de sérieux handicaps, la pauvreté et l'ignorance une chance. Le Spectacle a l'habitude de monter en épingle les cas de méritocratie démocratique (Apple, parti de rien, pour arriver au sommet des ventes, avec mille milliards de profit), mais se garde bien de célébrer les traîtres à leur classe favorisée, qui ont fait tout le contraire de ce qu'on attendait d'eux. Le *tri* suit son cours, comme l'a compris l'ancienne religion, avec ses saints, ses saintes, ses bienheureux, ses martyrs, qui encombrent les vieux agendas. Qui était ce saint Julien Eymard, fêté le 2 août ? Aucune idée, mais il doit bien y avoir une touffe de ses cheveux quelque part.

Un Dieu-Homme, avec treize disciples, dont un élu à la fonction essentielle de traître, a quand même révolutionné la planète, puisqu'on applique partout son calendrier. Le Philosophe Inconnu a beaucoup médité sur ce cas, pendant la Révolution, quand il a été chargé, par la Convention, de classer les archives de l'ancienne religion vandalisée par la nouvelle. Il était très réticent sur l'instauration de nouveaux cultes. Tous les dossiers qu'il examinait lui brûlaient les doigts. On lui doit la conservation de quelques trésors occultes jamais répertoriés. Jamais il ne s'est senti aussi invisible qu'en accomplissant la nuit, à la bougie, ce travail de sonde. Dehors, ça criait beaucoup, pendant que, lui, tendait l'oreille sous les voûtes.

EXCEPTIONS

Le Philosophe n'a jamais pensé fonder une nouvelle religion. La Franc-Maçonnerie, pourquoi pas, mais ce n'est pas une religion, bien qu'elle soit souvent trop *sociale*, pour ne pas dire socialiste, avec risque de disparition. Chacun doit faire son salut tout seul, c'est pourquoi il faut garder la philosophie comme étoile. Débrouillez-vous avec le fatras des mythes, visez les singularités suggérées.

Après sa mort, en 1803, et sa résurrection instantanée, le Philosophe a beaucoup vécu dans le sud-ouest de la France, avant de voyager en Europe, avec une prédilection pour l'Italie. Sa vie discrète à Venise peut être étudiée en détail, de même que ses relations surprenantes avec le Saint-Siège. Une de ses plus fortes émotions se situe à Ravenne, ville éblouissante par ses basiliques et ses mosaïques (elles ont l'air d'avoir été faites le matin même), et surtout *Galla Placidia*, lieu irradiant, puisqu'il a été le tombeau de Dante. La doctrine des *Fedeli d'Amore* n'a pas de secret pour le Philosophe. Sa biographie intime l'établira un jour.

L'amour continue à mouvoir le soleil et les autres étoiles, mais dans un tout autre sens qu'en 1325. Dante, un matin du XXe siècle, a contacté directement le Philosophe pour lui expliquer ce transfert. Du coup, l'Enfer, le Purgatoire et le Paradis ont changé de place et de nature, et le Philosophe se retrouve dans cette nouvelle répartition, au point de charger une de ses amies, elle-même philosophe, une ravissante blonde vivant à Rome, de traduire à neuf *La Divine Comédie.* Elle le fait très bien, elle est géniale. Une photo, dans un coin du Spectacle, attire l'attention : celle du Philosophe offrant un livre de lui sur *La Divine Comédie* à un pape, sur la place Saint-Pierre à Rome. Elle a déclenché, cette photo, un petit scandale chez des journalistes et des intellectuels arriérés. On n'a pas tellement d'occasions de rire.

Les Français, à part l'amie du Philosophe, ne connaissent pas Dante, ils ne connaissent pas non plus un de leurs héros qu'ils ont été contraints d'élire, après bien des troubles, à la présidence de la République : de Gaulle. Il les a sauvés du déshonneur de la collaboration avec les nazis, a mis fin à leur rêve colonial, avant d'être sèchement congédié pour cause de référendum raté. On doit l'imaginer, avant son grand incendie, à Notre-Dame de Paris. C'était un homme du XIIIe siècle, comme la cathédrale elle-même. Il mériterait le titre de Général Inconnu.

C'est lui qui, en 1964, a fait reconnaître par la France l'existence de la Chine de Mao. Il n'a eu de cesse d'embêter les Américains et leur prétention de domination mondiale. De guerre lasse, les États-Unis ont réussi à le faire mettre à la porte. Ce général bizarre était quelqu'un d'intraitable avec plein d'humour. Son arrière-grand-mère, comme celle du Philosophe, était irlandaise.

Le Général Inconnu a fait libérer le Philosophe Inconnu qui, pendant la guerre d'Algérie, croupissait, à deux doigts de la mort, dans des hôpitaux militaires. Le Philosophe a remercié Malraux, qui lui a répondu : « C'est moi qui vous remercie, Monsieur, d'avoir pu, au moins une fois, rendre l'Univers moins bête. » Ces gens avaient quelque chose de plus.

Le Général Inconnu, après son licenciement, a refusé de percevoir l'argent auquel il avait droit de la part de la République. À partir de là, il a vécu de ses droits d'auteur, d'ailleurs confortables. Il s'est déclaré lui-même « travailleur indépendant ». Voilà un vrai résistant.

Il est émouvant, de Gaulle, après son échec, en train d'errer, avec sa canne, sur la lande irlandaise, à la recherche de son arrière-grand-mère perdue dans la brume. On dirait le vieux roi Lear perdu dans ses souvenirs. Bon, ça va, il retire son corps, poursuit ses *Mémoires*, et s'effondre, en faisant le soir, chez lui, comme d'habitude, une *réussite.* Il a battu les cartes, il a joué très gros, il a perdu, il a gagné.

CHINE

Le Philosophe s'intéresse depuis longtemps à la communication. Très jeune, alors qu'il est engagé dans une expérience intérieure, il lit le plus possible de journaux et de magazines, écoute la radio, regarde la télé, à la recherche de ce qu'il préfère : les documentaires sur la Seconde Guerre mondiale. Des centaines d'archives continuent à sortir de l'oubli, et sont toujours présentes *d'une certaine façon*. Le Philosophe se demande chaque fois ce qui se cache dans ce qu'on lui montre.

Exemple : la guerre du Pacifique, et l'extraordinaire frénésie japonaise. On ne verra jamais assez le drapeau du Soleil levant, brandi en même temps que la croix gammée hitlérienne. Les atrocités japonaises en Chine ne sont pas assez connues, et il est encore étonnant qu'un film américain récent, par ailleurs bien documenté, ne fasse apparaître Mao que trois secondes.

Les Japonais, en fanatiques se croyant divins, se seraient-ils battus interminablement jusqu'au dernier ? C'est l'évidence, d'où Hiroshima et Nagasaki. Deux bombes.

L'excellent général américain qui reconquiert tous les territoires occupés par les Japonais s'appelle Douglas MacArthur. Il est très grand, et on le voit descendre sur une plage, en pleine bagarre, les jambes dans l'eau. Les Japonais l'avaient viré des Philippines, et il avait dit « Je reviendrai ». Il est revenu, et il a vaincu. L'embêtant, pendant la guerre de Corée, qui a suivi immédiatement la capitulation japonaise, c'est qu'il a eu brusquement devant lui la forêt de l'armée chinoise. Il a demandé de jeter sur elle la bombe atomique. On lui a conseillé de se calmer, pour une raison de bon sens : les Chinois ne sont pas japonais.

La longue ignorance occidentale de la Chine est stupéfiante. Le Philosophe, à Pékin, s'est longuement recueilli devant la tombe, très bien entretenue, de Matteo Ricci, le jésuite inspiré, qui a commencé par apprendre le chinois, avant d'avoir des discussions astronomiques avec les lettrés de l'Empire. Saint François Xavier, autre jésuite, a eu moins de chance au Japon, où il est mort martyr. Un axe Jésuites-Chine était pensable (et l'est toujours), mais sûrement pas une transversale Jésuites-Japon. Il a fallu attendre 1972 pour que les États-Unis s'avisent que la Chine existait, huit ans après la France. On peut rêver d'une rencontre intersidérale Ricci-Mao *sans interprètes.* Elle reste à écrire, mais le Philosophe Inconnu doit perfectionner son chinois.

Il s'est quand même fait donner à domicile, pendant deux ans, des leçons particulières de chinois par une belle Chinoise de 40 ans, qui venait, deux fois par semaines, dans son studio. Leçons très particulières, en effet, puisqu'elles commençaient par une excursion érotique en profondeur. Le Philosophe a appris à tracer des idéogrammes, et à placer sa voix sur quatre tons différents. Ysia l'a beaucoup encouragé, puis a disparu, sans doute pour revenir en Chine. Cet épisode amoureux a marqué le Philosophe, qui regarde, de temps en temps, ses cahiers de notes, avec, à gauche, les caractères chinois nettement tracés par Ysia, et, à droite, les siens, plutôt maladroits. Une formule de Mao brille encore, avec sa traduction française : « Le chemin est tortueux, mais l'avenir est radieux. »

Le Philosophe a toujours préféré Zhuangzi :
« Le Sage entre dans les mouvements de la nature, et leur obéit tout entier. »

Même si la nature est déréglée ? Mais oui, ce n'est pas grave.

Aujourd'hui encore, ce n'est pas sans émotion que le Philosophe relit sa traduction d'un poème de Mao, écrit en décembre 1962 (il s'agit d'un arbre en fleurs) :

« Vent et pluie — départ du printemps
Cependant flocons à son retour
Glaçons de mille pieds falaises

« belles, mais ne disputant à rien le printemps
annonçant seulement son arrivée
quand flamberont les fleurs de montagne
rires au milieu d'elles. »

Le désir de Mao, attendant le printemps, était donc de rire au milieu des fleurs de montagne. En pleine Longue Marche révolutionnaire, c'est surprenant.

FONDS

La nature est pleine de mouvements plus ou moins cachés, le plus souvent presque imperceptibles. Regardez ce rosier immobile : trois bourgeons, à peine visibles, donneront, dans trois jours, trois roses rouges admirables. Essayez d'entrer dans cette éclosion et sa discrétion nocturne. Écoutez mieux son désir.

La rose n'est pas sans pourquoi, elle veut être vue, entendue, caressée du regard, respirée, contemplée, rêvée, imaginée, transposée, offerte. Si vous y parvenez pendant cinq secondes, vous comprendrez pourquoi le Philosophe, en passant, a noté ce portrait de l'Illuminé chinois :

« Il habite le sans-aspect, il réside dans le sans-lieu, il se meut dans le sans-forme, il se tient au repos dans l'incorporel, il existe comme s'il n'était pas, vit comme s'il était mort, sort du sans-intervalle et y pénètre. »

Où l'on voit qu'il s'identifie à la Voie elle-même, c'est-à-dire au Dao.

Voilà le roman : des centaines d'espaces et de lieux, des transformations corporelles liquides, une absence dans toutes les présences, une *continuité* ouverte et fermée. Le Philosophe a souligné « sans-aspect », « sans-lieu », « sans-forme », « sans-intervalle », et, surtout, « il vit comme s'il était mort ». Voilà une habitude à prendre très tôt. Être comme si on n'était pas, est tout de suite la grande leçon de l'Illumination radicale.

À partir de là, on ne s'étonne plus de retrouver le Philosophe dans des tas de rôles et de fonctions contradictoires. Il est ceci, il est cela, il n'est ni ceci, ni cela. On peut lui faire confiance sur un point précis, mais, juste à côté, il n'y a plus personne. On dirait qu'il passe son temps à jouer aux dés sans que les résultats lui importent. En général, il rit, il est gai, comme si sa devise insupportable était « Hasard et Gratuité ».

Le Philosophe a toujours eu de l'argent, et on l'a vu, parfois, dépenser des sommes considérables. D'où lui venaient ses fonds? Pendant la Révolution, certainement des Illuminés de

Bavière. Ensuite, des soutiens sont venus de toute l'Europe, de Suède, des Pays-Bas, d'Angleterre, pour se stabiliser en Italie. Au XXIe siècle, de nombreux indices montrent que la Chine a décidé d'aider le Philosophe Inconnu, ce qui expliquerait son amitié avec le Britannique Joseph Needham, grand spécialiste des sciences chinoises. La polémique apparente contre lui de Simon Leys, suivie d'une réconciliation obscure, devrait être étudiée de plus près.

Reste l'énigme du Saint-Siège. Le Vatican a-t-il financé, indirectement, les très nombreux séjours du Philosophe en Italie, notamment deux fois par an, à Venise ? Un banquier pourrait peut-être nous répondre, mais ce n'est pas sûr. Et que vient faire l'Académie royale de Belgique, et la Fondation du roi Baudouin, dans l'achat de la volumineuse correspondance entre le Philosophe et son amoureuse belge, d'origine juive polonaise ? Aucun des proches du Philosophe n'a de renseignements à fournir, sauf quelques anecdotes, le plus souvent sans intérêt.

La question est ouverte : qui a financé, au cours du temps, l'existence dissimulée du Philosophe, et lui a procuré des *fonds* ? Où sont passés ses manuscrits s'ils existent encore ? Pourquoi est-il si connu en restant inconnu ?

FOLIE

Depuis toujours, le Philosophe pense de lui-même qu'il est un innocent tombé dans un monde coupable. De sa fervente enfance religieuse, il a gardé la conviction qu'il avait un ange gardien. Celui-ci a pris des formes différentes, la plus étonnante étant celle d'une femme philosophe avec laquelle le Philosophe a contracté un mariage d'amour. Ils ont écrit ensemble un livre, dont le titre frappe par son insolence : *Du mariage considéré comme un des Beaux-Arts.* Il sera facile de vérifier qu'ils se sont merveilleusement *entendus.*

Dès son plus jeune âge, le Philosophe se vit comme un rescapé. Pas une guerre, pas une catastrophe, pas un accident, dont il ne réchappe par miracle. D'où, il faut l'avouer, un certain nombre de comportements maniaques : être sans cesse aux aguets, fixer les portes de sortie, s'arranger pour habiter des immeubles à double issue, l'une, par-derrière, donnant sur une rue tranquille. Sortir du rang est son obsession, et il est sûr qu'il aurait pu se tirer de toutes les rafles, rien qu'en faisant un pas de côté, d'un air nonchalant. La police déboule, mais il est le seul à avoir repéré une entrée dérobée par où il s'évade. Il tire son épingle du jeu, et on dirait qu'il a, chaque fois, la bonne clé, la bonne carte. Bref, la chance lui sourit.

S'il croyait à l'ancien Dieu, le Philosophe serait providentialiste, et, pour un peu, il verrait au-dessus de lui une nuée de feu lui indiquant le chemin à suivre. Il n'est pas fou, mais il connaît très bien la folie, ses anfractuosités, ses trous, ses crevasses. Il sait que, s'il ferme les yeux, il sera en contact direct avec le délire. Il pourrait composer à toute allure des volumes entiers d'écriture sans ponctuation, démontrant une maîtrise parfaite de toutes les folies possibles. D'ailleurs, il l'a fait, avant de préférer la sobriété.

De temps en temps, pour prendre la température de son époque, le Philosophe feuillette des articles de critique littéraire, afin d'étudier l'hystérie du désespoir frigide propagandisé dans cette région. Il a vite repéré sa Critique préférée, dont il adore le style, et qui n'en finit pas de trouver bouleversants des romans hyper-dépressifs.

Ainsi de cette auteure anglo-saxonne :

« Le style est lent. De longues plages de silence où les mots crissent entre les pages. Les métaphores y sont des sémaphores. Elles signalent, surveillent. La narratrice n'oublie jamais que l'alcool est à la fois ce qui la faisait tenir et ce qui la faisait périr. Le vide est toujours vivant en elle. Boire lui manque. Elle prend garde à ne pas remplacer une addiction (alcool et drogue) par une autre (Internet, Coca-Cola, cigarettes). Elle a grandi dans un chaos permanent. Les maladies mentales, les tempêtes furieuses, les animaux morts. Elle cherche et craint la brûlure. Sa partie excessive et festive est sans cesse en lutte et en butte contre sa partie acide et austère. »

Voilà l'héroïne du XXIe siècle. Au passage, j'espère que vous avez aimé ces mots qui « crissent entre les pages », ces métaphores qui sont des sémaphores, cette recherche et cette crainte de la brûlure. Plus loin, la narratrice va connaître, dans une île, des « joies métalliques ». Rien que pour ce détail, signalé sans plus d'explications par la voyante Critique littéraire, le Philosophe se promet d'acheter et de lire le livre. Et puis, il oublie.

L'Illuminisme est dangereux, et peut faire beaucoup de victimes. Tant mieux. Les victimes veulent être victimes, et tous les charlatans veulent être punis. Ils le sont, la plupart du temps, par eux-mêmes. Ici, la folie rôde, les suicides abondent. Au contraire, là où le vrai désir est maintenu, l'illumination devient une science quotidienne, où chaque chose arrive à son tour.

Chaque foule a sa folie spécifique. Prenez une centaine d'enregistrements de manifestations massives au XXe siècle. Montez-les en accéléré, de façon compressée, en insistant bien sur les bouches ouvertes et les visages extasiés. Au bout de dix minutes, vous n'en pouvez plus, vous titubez, et vous cherchez avidement le silence. Les mêmes foules peuvent acclamer un dictateur et son contraire, une vision du monde et son envers absolu. Les bras se tendent et s'agitent, les slogans succèdent aux slogans, les pancartes sont brandies dans toutes les langues. La folie est à son comble, et vous avez presque honte d'être un déserteur d'émotion.

ROSE

Le 20 octobre 1805, Napoléon bouscule les Autrichiens à Ulm, et le 14 octobre 1806, les Prussiens à Iéna. Le franc-maçon Hegel voit l'Esprit Absolu passer sous ses fenêtres, mais il a été très sensible, quatre ans auparavant, à l'envoi du *Ministère de l'Homme-Esprit,* de la part du Philosophe Inconnu. Ces Français, tout de même…

Un soir d'émeutes, à Paris, en mai 1968, le Philosophe se retrouve au 45 rue d'Ulm, où il a rendez-vous avec un ami philosophe. L'École normale supérieure, fondée par la Convention nationale le 9 brumaire an III (octobre 1794), est cernée par la police qui a bien l'intention d'arrêter les révolutionnaires à la sortie. Le Philosophe a une idée : un type, blessé, doit être évacué en urgence sur une civière. Il suffit de lui tenir la main et de se faire passer pour médecin. Ça marche. Le faux toubib se faufile dans une ambulance, et disparaît dans la nuit.

Les bagnoles brûlent un peu partout, les grenades lacrymogènes étouffent l'air, et les affrontements vont déclencher une grève générale. Le Philosophe, les jours suivants, va se brouiller avec son ami philosophe de l'École normale, puisque ce dernier désapprouve l'insurrection, et compte sur le Parti communiste pour rétablir l'ordre. L'ordre régnera bientôt, mais c'est la seule fois où le Philosophe a pu profiter de son apparence sérieuse, qui lui a valu, très souvent, le surnom de « Docteur ».

Il évite toutes les réunions de blabla révolutionnaire, et passe des nuits enchantées avec une amie mexicaine, qui lui prépare savamment des joints d'enfer. Jamais l'Afghanistan n'a été si proche. Le Philosophe prend des notes sur ses visions qui succèdent à des heures de rires. Il voit beaucoup de roseraies, et son amie étudiante lui récite des quatrains d'Omar Khayam, donc nous sommes plutôt en Iran, au XIe siècle, du côté de Nishapur. Ce mathématicien est aussi un poète qui dit des choses comme ça :

« La torche de la rose s'est allumée dans les prés en fleurs,

Mettons-nous près du fleuve avec une guirlande de filles aux yeux noirs. »

À cette époque, Paris est devenue ville ouverte, dans un grand silence d'écart, loin des explosions. Le Philosophe a marché interminablement dans des rues désertes, une rose à la main, donnée par son amie, avec une réserve d'*afghan*, le bon vieil afghan très noir, à effet rapide. La rose de l'amour brille dans le feu du présent.

Cette nuit-là, après bien des recherches (il a oublié où il s'est garé), le Philosophe retrouve sa voiture, et fonce vers Versailles pour respirer. Il a toujours sa rose avec lui, et l'afghan continue son irradiation calme. Il marche du côté du Petit Trianon, où il est venu bien des fois avec une autre amie, disparue il y a longtemps. Il la tient par la main, il entend son rire, la sensation de présence est complète, il sait sur quel banc de pierre déposer sa rose en passant. Il rentre dans sa voiture, et dort longtemps. Au petit matin, le parc est superbe.

Vers midi, Louis XIV descend dans les jardins, avec son ami Le Nôtre. Le roi aime son jardinier, il lui passe tout, dépense pour lui des sommes énormes, donne parfois son avis avec timidité, lui demande d'ajouter un peu d'« enfance » dans ses projets, lui pardonne d'avoir travaillé pour

Fouquet et le pape, le remercie de le considérer comme un Apollon, dans son royaume d'allées, de canaux, de fontaines, de fleurs. Le Nôtre est charmant, plein d'esprit, et, surtout, honnête. C'est bien le seul personnage que le roi respecte. Le duc de Saint-Simon dit de lui qu'il « avait une probité, une exactitude et une droiture qui le faisaient estimer et aimer de tout le monde ». Le 2 avril 1679, le ministre des Finances Colbert lui écrit une lettre surprenante :

« Vous avez raison de dire que le génie et le bon goût viennent de Dieu, et qu'il est très difficile de les donner aux hommes. »

On dirait une proposition du Philosophe Inconnu.

GOÛT

Il a fallu attendre 2013, pour que paraisse enfin une biographie détaillée d'André Le Nôtre. Jusque-là, ses jardins existaient, mais pas lui. Le Philosophe, à ce moment-là, s'est payé un petit geste magique : enterrer le livre dans une clairière latérale des jardins du château. Les arbres ont frémi, ils savent mieux lire que les hommes.

Le Nôtre meurt chez lui, aux Tuileries, le 15 septembre 1700, à 4 heures du matin. On l'enterre à Saint-Germain-l'Auxerrois, puis à Saint-Roch, mais, comme il fallait s'y attendre, sa tombe est violée et ses restes dispersés, pendant la Terreur, en 1793. Apollon, outré, quitte définitivement la France. Il était déjà en froid avec elle, avec un Louis XIV devenu pieux sous l'influence de l'avare et prude Mme de Maintenon, calviniste mal convertie.

Apollon ne se manifeste plus que par intermittences en France, mais on le reconnaît immédiatement dans certains passages inspirés. C'est lui, par exemple, qui dicte les lignes suivantes en 1873 :

« Jadis, si je me souviens bien, ma vie était un festin où s'ouvraient tous les cœurs, où tous les vins coulaient. »

Hélas, les exceptions de ce nouveau monde sont très rares, et peu compréhensibles au moment où elles apparaissent. Il faut attendre quarante ou cinquante ans, avant que des commentaires prolifèrent autour de ces apparitions, d'ailleurs vite recouvertes par l'indifférence générale. Aujourd'hui, pourtant, pas de doute : la vie du Philosophe est un festin où s'ouvrent tous les cœurs, où tous les vins coulent. Avril 1873, c'est ce matin.

La Révolution française exige que toute l'Histoire se vive au présent. C'est le vrai commencement, celui du désir favorisé par les sciences. Apollon, furtivement de retour, dicte ces lignes en 1870, à Paris. C'est aujourd'hui :

« Le goût est la qualité fondamentale qui résume toutes les autres qualités, c'est le *nec plus ultra* de l'intelligence. Ce n'est que par lui seul que le génie est la santé suprême et l'équilibre de toutes les facultés. »

Le goût, forme suprême de l'intelligence, n'a rien à voir avec le « bon goût » des cervelles étriquées bourgeoises. Il est aussi éloigné que possible du déferlement planétaire du mauvais goût. La Nature a du goût, même dans ses catastrophes, il faut seulement l'aider à s'organiser. Le Nôtre avait du goût, et Louis XIV aussi, puisqu'il l'a laissé faire. Pourquoi le Philosophe a-t-il toujours raison ? Parce qu'il a du goût.

Aujourd'hui, le grand penseur à la mode s'appelle Novaleur. Écoutez la rumeur : tout le monde, à droite, à gauche, au centre, vous parle de « nos valeurs ». Novaleur a réponse à tout, et il sait distinguer les valeurs rationnelles des valeurs raisonnables. L'atmosphère a été longtemps obscurcie par des idéologies douteuses ou criminelles, mais, heureusement, Novaleur a surgi, et, désormais, la liberté de penser pour ne pas penser est garantie à tous les étages.

Novaleur est l'héritier naturel d'une grande tradition en ruine. Il continue à pérorer dès que vous ouvrez la télé. Dans la décomposition ambiante, il est puissamment aidé par la propagande féministe, issue du mouvement « Me too ». Tout homme qui n'apprécie pas Novaleur est un violeur virtuel. Les messages signés « Me too » se multiplient, au point qu'on a l'impression que les femmes, redevenues des petites filles, s'appellent toutes, maintenant, *Mitou.* Marie-Laure Mitou, Marlène Mitou, Delphine Mitou, Muriel Mitou occupent, pour l'instant, la scène. Elles disparaîtront un jour, mais pas Novaleur.

PLANÈTE

Saint Malachie, né en 1094 à Armagh, en Irlande, est mort à Clairvaux en 1148. Ce primat d'Irlande, surtout connu pour sa réforme du clergé, est l'auteur célèbre d'une *Prophétie sur les papes*, dont on a pu établir qu'il s'agissait d'un apocryphe du XVIe siècle. C'est une longue liste de papes, dotés de surnoms, qui nous amène jusqu'à nos jours, de façon particulièrement inquiétante, puisque la fin du monde doit coïncider avec le dernier pape en fonction.

À voir, ces jours-ci, le vieux pape François marcher en Irlande, pour demander pardon pour tous les crimes de pédophilie commis par des prêtres catholiques, on se demande s'il n'est pas le dernier locataire du Saint-Siège. Malachie (ou son successeur) l'appelle « Pierre le Romain », alors qu'il est argentin et jésuite. Voûté, et un peu débile, le vieux monarque en blanc a l'air de porter sur son dos deux mille ans d'aveuglement sexuel. Malachie a peut-être eu, sans le dire expressément, cette vision du naufrage.

Dans le même temps, à moins que vous ne vouliez pas le savoir, tout indique que la planète Terre est en train de devenir invivable pour la vie humaine. Ses ressources sont épuisées, le climat est fou, les océans sont de plus en plus pollués, l'humanité abrutie n'a plus la force d'imaginer une explosion massive. Le Philosophe, lui, a toujours su qu'il serait contemporain d'une catastrophe finale. Il y a pensé chaque jour, sur fond de sa propre mort. Ça ne l'a pas empêché de garder une foi intense dans le dernier dieu à l'extrême. Peut-il y avoir une foi en dehors de toutes les lois ? Il le croit.

Pauvre François, premier et dernier pape à porter ce prénom bizarre. Sa migraine ne le lâche plus, il dort debout, mais, malgré les appels furieux au boycott, il arrive à rassembler, pour une messe à Dublin, de 300 000 à 500 000 fidèles (de quoi épater saint Patrick, saint Malachie et saint Joyce). Malgré tout, il est débordé : sa Curie est gangrenée par le cancer gay, les dossiers de pédophilie s'entassent sur son bureau, les victimes se plaignent, et elles sont légion, en Irlande, aux États-Unis, au Chili, en Allemagne, en France, en Australie. Des dizaines de milliers d'enfants ont été violés par des ministres de Dieu lui-même. Un auteur français a osé écrire, autrefois, que le Créateur, par une nuit d'hiver, avait fait entrer chez lui un pédéraste. Personne ne l'a cru, peut-être parce que ce jeune homme venait d'Amérique du Sud.

Le dieu ultime, celui qui libère l'espace pour le jeu du temps, n'est ni Créateur ni Procréateur, les machines, désormais, s'en chargent. Les femmes n'ont plus besoin de faire appel à Dieu pour faire des enfants, et, du coup, elles ont toutes les raisons de se plaindre de la brutalité intrusive des hommes, lesquels sont définitivement coincés dans la surestimation de leurs mères. Elles aiment bien les gays qui s'identifient à elles, et qui, de toute façon, les laissent physiquement tranquilles. Elles sont prêtes à partager le pouvoir avec eux, puisque le mâle hétérosexuel blanc n'est plus qu'un souvenir pénible du passé en ruine. Prenez ce cocktail, saupoudrez-le de drogue, de rock, de rap, de textes très cons dans une atmosphère de polar, et vous obtenez la situation courante.

Si ça ne suffit pas à vous édifier, étudiez la planète *queer* aux identités variables et multiples, vérifiez que les océans sont de plus en plus saturés de plastique, observez que le Spectacle, pour se développer, a appris à se dénoncer souvent comme spectacle, reposez-vous une heure ou deux en étant carrément bouddhiste. Vous passez ainsi d'une imagination surtendue de serial killer à une compassion mystique. Allez-vous bénir cette femme enceinte et très laide, assise devant vous dans un autobus ? Oui, il le faut. Vous espérez juste qu'elle aura une fille qui se trouvera forcément plus belle que sa mère, et pas un garçon qui, lui, n'en finirait pas de *morfler* dans l'invivable monde futur.

RAISON

La raison a un cœur que le dernier dieu illumine. Là, tout n'est qu'ordre et beauté, luxe, calme, et volupté. Le Philosophe s'est toujours étonné de cette floraison invisible et subtile, comme si, dans la confusion générale, l'espace-temps faisait effraction dans un intervalle jouissant intensément de lui-même. Un penseur du XXe siècle, en pleine Seconde Guerre mondiale, a trouvé le silence d'écrire ceci, qui pourrait être du Philosophe Inconnu :

« Le dieu et la confusion doivent apparaître et faire effraction. Dans la détresse singulière, nous devons entrer dans cet interstice entre le dieu et la confusion, l'ouvrir et le fonder initialement. »

L'erreur de ce penseur a été de croire qu'il s'agissait d'un dieu pour le peuple allemand, porteur d'un désastre. Il n'y a de dieu pour aucun peuple. L'Homme de Désir, seul, a un dieu.

Il n'en reste pas moins que le Philosophe a cru, et croit encore, au dieu enfoui de la Révolution française, mais il est bien le seul à qui il est apparu, transformant sa vie en commencement interminable. Le voici donc traversant les siècles dans les deux sens, bousculant, au passage, la vieille histoire infernale de l'humanité. Voici les mendiants, les brigands, les amis de la mort, les arriérés de toutes sortes. On les trouve maintenant en robots dirigés par leurs algorithmes.

Le premier Congrès sur l'Intelligence artificielle se tient, ces temps-ci, à Shangai. Les Chinois sont en avance. Ils peuvent compter sur six cents millions d'internautes pour accumuler des données de base à traiter. La fluidité de l'informatique définit la puissance. De ce point de vue, après un développement stupéfiant, la Chine est une star.

Le Philosophe, pour ne pas perturber sa concentration, se tient à l'écart de cette explosion numérique. Il a pris, depuis longtemps, quatre assistants chinois, dont deux femmes, pour lui rédiger, sur papier, des notes d'informations. Il les a surnommés plaisamment ses quatre « évangélistes ». Ils captent, ils trient, ils analysent, ils résument. Ce sont des virtuoses de la connexion. S'il le faut, ils isolent immédiatement des photos, des vidéos, des pans entiers de sites internationaux. En une heure, le Philosophe est branché partout. Puis il dort, et reprend aussitôt sa respiration mentale.

La destruction violente a pu engendrer des créations intenses, comme on l'a vu, parfois, au cours de l'épouvantable XXe siècle. Rien de tel à l'horizon de la dévastation plate du XXIe. Le conformisme monte de partout, le XIXe et ses clichés reprennent une vie spectrale, le mariage pour tous et le droit à l'enfant envahissent le trafic mondial, sur fond de chasse aux *gamètes.* Le Philosophe a prédit tout cela, il continue à renforcer sa raison, jour par jour, nuit par nuit, heure par heure, minute par minute. Antidote puissant au délire : le désir.

GESTES

Dans le jardin de sa maison au bord de l'eau, le Philosophe a son laurier préféré, dont il aime froisser les feuilles pour les respirer. Même geste avec les touffes de lavande. Il a, dans son bureau, une petite montagne de galets ramassés sur la plage, dont il se raconte qu'ils ont des millions d'années d'existence, et une dizaine de plumes de mouettes plantées dans un vase en émail cloisonné vert. À partir de là, chaque geste a sa chanson, et tout mouvement de pensée son rythme. Il a confiance dans le désir de sa pensée qui réjouit sa jeunesse.

Sa vie, dès l'enfance, est un opéra silencieux. Il retrouve, à volonté, ses courses, ses cachettes, ses sommeils, ses rêves. Toutes ses lectures sont déployées devant lui. À une époque où les femmes n'arrêtent pas de se plaindre, à juste titre, d'avoir été harcelées ou violées par des hommes-ploucs, il se souvient des merveilleuses pédophiles qui l'ont violé lorsqu'il avait 12 ans. Il a fait beaucoup de vélo avec l'une d'elles, une paysanne brune de 30 ans, qui connaissait, comme personne, les coins favorables en forêt. Voilà son éducation précoce, qui le rend impassible dans la misère des temps.

Que de foutre dépensé à cette époque et depuis, en bonne philosophie radicale ! Que de rires ! Que de soleils ! Que de péchés ! Que de *pêches* ! Il se revoit sur une barque à la dérive, écopant l'eau de la main gauche avec une vieille boîte de conserve, en tenant sa ligne à la traîne, dans l'attente d'une première touche. La voici, et le poisson brille et se tord contre ses pieds nus. Hop, au suivant !

La pensée est un geste, plus ou moins entravé par les entourages et les habitudes. Au fond, les conséquences de l'illumination sont très comparables aux qualités que l'ancienne théologie reconnaissait aux corps glorieux après la résurrection : impassibilité, clarté, agilité, subtilité. L'Illuminé se retrouve comme un poisson dans le ciel ou un oiseau dans la mer. Pour un mammifère, ce n'est pas si mal.

Parfois, le Philosophe, de plus en plus inconnu, s'embrouille. Il ne sait plus très bien s'il pense dans l'air ou dans l'eau. Ses rapports avec les autres mammifères humains sont étranges : il les voit *trop*, et pourrait leur appliquer une analyse sauvage. Mais à quoi bon déranger l'hystérie, la névrose obsessionnelle, la paranoïa, la perversion, la schizophrénie ? Ces régions ont leurs gestes, le Philosophe a les siens. Ils n'ont pas à s'affronter sur la même Terre.

Voici maintenant une demi-finale du championnat du monde de volley-ball, opposant des Chinoises à des Italiennes. Les Chinoises semblent dominer de façon souple et acrobatique, mais les Italiennes ont deux joueuses noires redoutables, une grande au bras droit meurtrier, et une autre, petite et ronde, qui va chercher le ballon au ras du sol. C'est très beau, et la moindre erreur de placement est fatale. Sans les Noires, les Italiennes perdraient. Avec l'Afrique, elles gagnent contre les Asiatiques.

Tout cela ne vaut pas la grande nouveauté du football féminin. Et là, impossible de faire mieux que les Américaines, championnes du monde impeccables. La géniale lesbienne aux cheveux teints en rose, Megan Rapinoe, enlève son équipe avec une autorité dansante. Comptez sur elle pour un penalty. Elle est aidée par la grande et belle Morgan, dont vous attendez une tête décisive, et par la rapide et subtile Lavelle, qui va marquer un but sur tir tendu. Les cuisses de Rapinoe ! La puissance de Morgan ! Les dribbles imparables de Lavelle ! Pour une fois qu'on peut admirer sans réserve des Américaines ! Le Philosophe attendait cette exception-là.

Partons pour Grenade, où de très jeunes filles s'entraînent au flamenco. Leurs mains sinueuses volent, elles se tournent et se retournent, leurs talons font sonner les planches, et, d'un coup, elles s'arrêtent net. Une chanteuse les accompagne, avec la voix rauque, incroyablement modulée du chant profond. Une des filles essaye d'expliquer pourquoi le *duende* est inexplicable. Il vient de loin, de très loin, dit-elle, en ramenant sans cesse sa main droite loin derrière elle. Elle est très brune et très intense. Elle vous signifie, par ce geste, qu'elle était là il y a des siècles, et qu'elle est témoin du lourd et sanglant passé. Puis, le chant reprenant, elle frappe ses mains en cadence. Soudain, elle bondit et recommence à danser. Elle est évidemment nue sous sa robe.

Le Philosophe se rappelle avoir aimé une Andalouse, une Chinoise et même une grosse Africaine, hélas excisée. Cette dernière lui mangeait ardemment les seins, comme à une femme, pendant que sa main droite, experte, le concluait, seul moment où elle semblait jouir de façon ténébreuse. Précisons tout de même que la Française peut être exceptionnelle au bout des doigts, histoire de vérifier la justesse de cette notation d'un médecin-poète français : « Les Muses ne rient bien que branlées. » Le Philosophe a toujours pris soin de faire rire les Muses.

INFLUENCES

Comme il fallait s'y attendre, c'est surtout en littérature que la pensée du Philosophe a eu le plus d'influence. On peut en repérer partout les symptômes, notamment dans les avant-gardes du XXe siècle, où des jeunes gens courageux ont bousculé l'Histoire en profondeur. Voici ce qu'écrivait l'un d'eux, particulièrement doué, en 1921 (il a 24 ans) :

« Le désir se réduit à l'attente de la volupté, accompagnée de la représentation anticipée de l'objet de notre transport. Sa puissance est seule infinie, et non celle de l'amour. Elle transforme à son gré les imperfections en beautés, interprète les données des sens suivant l'idéal que nous nous proposons, de telle sorte que nous le réalisons toujours à coup sûr, anéantit en nous les préoccupations étrangères à l'idée qui nous domine, et simplifie cette psychologie trop complexe, obstacle à la grandeur de nos actions. Ainsi, par un double travail dont l'effet paraît immanquablement, le désir modifie l'univers et nous-mêmes, qu'il embellit d'un même élan. »

Ce jeune auteur s'est beaucoup ralenti par la suite dans le réalisme politique et social ; mais sa virtuosité a continué de briller dans le mot *désir.* Le Philosophe, pendant la Révolution, a connu ces tentations d'aveuglement fanatique, la guillotine fonctionnait sans cesse sous ses fenêtres, et il fallait un système nerveux en acier pour ne pas se perdre dans l'emportement général. Quoi qu'il en soit, tout révolutionnaire un peu cultivé avait lu, en 1790, *L'Homme de Désir,* et Robespierre n'a pas eu à chercher bien loin pour rétablir l'immortalité de l'âme et le culte de l'Être Suprême. Napoléon a eu le temps de lire *Le Ministère de l'Homme-Esprit,* sinistrement parodié, plus tard, par un président de la République dans sa formule finale, « Je crois aux forces de l'esprit, et je ne vous quitterai pas », alors que le Philosophe a écrit : « Puisque je crois aux forces de l'esprit, je quitterai sans regrets ce monde. »

On pourrait dire du Philosophe que, même dans les situations les plus lourdes, il n'a jamais cédé sur son désir. Combien de fois ne s'est-il pas senti perdu dans les mégapoles d'une planète de plus en plus invivable ? À chaque fois, au bord du suicide, un souvenir ébloui de femme l'a guidé ou retenu, raison pour laquelle il a beaucoup influencé un psychanalyste célèbre. Ce psychanalyste l'a cité une fois, de façon très significative, dans un de ses Séminaires, intitulé, comme par hasard, *Encore*. *Encore* est le nom du désir. Il ne faut pas céder sur l'élan d'*Encore*.

Si le Philosophe avait cédé, il aurait pu faire des affaires. Il lui suffisait de déposer, pour un parfum, la marque « Désir ». Le succès aurait été foudroyant, et le *Désir n° 3* se vendrait toujours à profusion sur toute la planète. En même temps, les produits de beauté, les colliers, les bracelets, les broches, les bagues, les montres, les pendants d'oreilles, la lingerie fine n'arrêteraient pas d'exploser. Le Philosophe serait multimilliardaire, avec une fortune inépuisable, genre Google ou Facebook. Il vivrait à l'abri dans une île du Pacifique. Au lieu de cela, il a préféré, pour continuer à penser, une existence très simple. Il voulait rester inconnu. Il l'est toujours.

Il a quand même permis à un écrivain français plutôt connu, qu'il a influencé par contact direct, d'utiliser le titre *Désir* pour un roman le mettant en scène. Il a conseillé à l'auteur de citer cette phrase de Robespierre prononcée à la Convention :

« Le peuple français semble avoir devancé de deux mille ans le reste de l'espèce humaine, on serait tenté, même, de le regarder, au milieu d'elle, comme d'une espèce différente. »

Et si c'était vrai ?

RÉVOLUTION

Les révolutionnaires français ont vécu en parlant sans cesse, pour mourir très vite. Le type qui monte à la tribune de la Convention ne sait pas, une fois redescendu dans le tumulte, s'il va garder sa tête ou passer à la guillotine. Robespierre, le 9 thermidor, a été bousculé et n'a pas pu prononcer un mot. Saint-Just est resté étonnamment muet, mais il savait que tout était perdu, et que la corruption gagnait la partie, comme d'habitude. 1789-1794 : cinq années vertigineuses et grandioses, qui brillent encore dans certains cœurs, ayant appris, depuis, à dissimuler leur passion.

Personne ne semble savoir que le Philosophe a écrit un certain nombre d'articles, sous pseudonymes, dans *Le Vieux Cordelier*, le journal de Camille Desmoulins, raccourci en même temps que Danton et des hébertistes. Sa femme, Lucile, a courageusement protesté contre l'exécution de son mari, et sa tête est donc tombée d'office. Perdre la vie en même temps que le dingo terroriste du *Père Duchesne* a dû être une humiliation suprême pour le très bon journaliste qu'était Desmoulins. Ces grappes de condamnés sont saisissantes, et le Philosophe a surtout souffert du supplice de son amie, la belle et spirituelle Manon Roland. Lors de son procès truqué, loin de se défendre, elle réclame hautement la mort « comme tous les grands hommes que vous avez assassinés ». C'était la Madone des Girondins, elle était dans leur charrette, et le Philosophe, au passage, malgré les cris de haine des femmes de la populace, l'a saluée de la main. Manon avait ce qu'il faut pour s'empoisonner, mais elle a choisi de témoigner et de regarder la mort en face. C'était une femme de désir.

Le Spectacle, ouvert par la Révolution, est vite devenu mondial, puis planétaire. Il se pense lui-même, et peut se passer de spectateurs. De temps en temps, il se montre dans toute sa puissance. C'est ainsi que Paris est redevenue récemment sa capitale. On a vu un jeune président de la République sortir des fondations du Louvre, prendre possession de Versailles, obliger les gouvernements mondiaux à se réunir pour un grand bazar sous l'Arc de triomphe, et à écouter, confus et abrutis, l'interminable *Boléro* de Ravel. C'est à qui avait l'air le plus con dans cette affaire, avec, en toile de fond, les entassements de cadavre, de la Première Guerre mondiale. C'était parfait, au millimètre près.

Le *Boléro*, dans sa répétition obsédante, est mieux que le trompeur *Hymne à la joie* qui avait précédemment servi à un président, une rose à la main, pour faire une entrée fracassante au Panthéon. On n'arrête pas la Révolution : elle est repartie, à la Bonaparte, du fond des catacombes de Philippe Auguste. Quarante siècles l'accompagnent, depuis les pyramides d'Égypte jusqu'à l'obélisque de la Concorde. Le *Boléro*, voilà sa mesure, d'où la stupéfaction des clowns de Moscou et de Washington.

Le devenir-clown des hommes d'État mériterait une étude à part. Les marionnettes révolutionnaires, que le Philosophe a pu observer à la Convention, étaient possédées, elles n'étaient pas ridicules. La mort triomphait dans leurs voix étranges, ils parlaient en jouant leurs vies. Rien de plus pénible, par la suite, que les guignols totalitaires, la sarabande des notaires, les orateurs appliqués ou pompeux. La Révolution les ronge, les désaccorde, les désagrège, les absorbe. Tout le monde n'est pas capable d'incarner le néant. De temps en temps, le nouvel *élu* fait illusion un an ou deux, mais, rapidement, il dérape, ennuie, s'énerve, s'effondre. Il ne lui reste plus qu'à répéter que le choix est entre lui et le chaos. Encore une vague de spectacle, avant que surgisse un désordre ou un scandale nouveau.

La *Régie* révolutionnaire est implacable. Elle prescrit, une fois pour toutes, à travers le marquis de Sade, l'impossible lui-même : qu'une mère fasse lire à sa fille *La Philosophie dans le boudoir*. On connaît ces vicieux français, ils transformeraient vite la planète entière en *boudoir*. Un romancier français, sous l'influence du Philosophe Inconnu, pourrait très bien écrire un best-seller intitulé *La Planète dans le boudoir*. On en apprendrait de belles sur les coulisses internationales, dernier feu d'artifice, avant l'explosion climatique finale.

De l'audace, encore de l'audace, toujours de l'audace ! Le Philosophe réentend la voix de Danton au bourreau : « Tu montreras ma tête au peuple, elle en vaut la peine. » Il y a eu, en France, des types qui, au moment d'être exécutés en public, disaient des choses comme ça.

LUMIÈRE

Le jeune Philosophe, on s'en souvient, a reçu la Lumière à Bordeaux. Depuis, elle suit son cours indépendamment de ses aventures. Les époques changent, la Lumière ne varie pas. Elle est toujours là, même quand la nuit est profonde. Le Philosophe garde une dévotion pour les jardins de Bordeaux, ceux de sa vingtième année, en 1763, en pleine Kabbale. Contrairement à ce que pensent les universitaires, la Lumière s'éprouve, elle ne s'enseigne pas.

Vous pouvez parler interminablement des Lumières, de leurs avancées et de leurs reculs, vous n'atteindrez jamais leur mystère révolutionnaire. Certains noms, très différents, l'incarnent mieux que d'autres, dans tous les domaines d'une Encyclopédie en mouvement. Pour s'éclairer, le Philosophe puise directement en lui-même. Ses rêves lui répondent, et même ses cauchemars l'intéressent. L'actualité, sans cesse, se dévoile immédiatement devant lui.

Ces jours-ci, le Philosophe est à Florence, et va se recueillir sur la tombe de Machiavel, dans l'église Santa Croce. Il est mort en 1527, mais l'épitaphe tardive, de 1787, en latin, dit tout : « Tanto nomini nullum par elogium », « Aucun éloge n'est digne d'un si grand nom ». Deux ans plus tard, en 1789, il va se passer quelque chose en France. Au moment où cette épitaphe est gravée, le Philosophe a 44 ans. Trois ans plus tard il publie son *Homme de Désir.* C'est à son intention que Machiavel semble avoir écrit : « Heureux celui dont la façon de procéder rencontre la qualité des temps. » *La Qualité des temps,* autre titre possible.

La qualité des temps est tout simplement l'urgence. Longtemps, à Paris, le Philosophe a vécu près d'un hôpital, et il entendait, très concentré, en écrivant dans sa tête, comme d'habitude, les sirènes presque incessantes des ambulances qui amenaient là les malades, les blessés, les accidentés. Le jour, la nuit les signaux saccadés déchiraient l'espace. L'urgence est le *où.* « Être-le-là », comme l'a dit un penseur, c'est être le *où.* Le même penseur, sept ans après avoir écrit son livre principal, note : « Ce livre est un échec, je n'ai pas assez d'ennemis. » Nous sommes là en 1932. Le penseur va se jeter dans la fournaise nazie, et le plus étrange est qu'il n'en pense pas moins, et même beaucoup plus. Grande réussite : il n'a plus que des ennemis.

Le Philosophe, qui n'a plus rien d'un philosophe, se laisse appeler le Philosophe Inconnu, car il n'a pas envie qu'on aille fouiller dans ses identités multiples. À l'ère du journalisme absolu, c'est un sport. Pour protéger la lumière qu'il porte, il se montre beaucoup, activité qui le rend particulièrement obscur. Plus on croit le connaître, plus il est inconnu. Au fond, il a passé son temps à se débarrasser des mendiants, des brigands, des amis de la mort, des arriérés de toutes sortes. Il est resté absolument moderne, en recevant tous les influx de vigueur et de tendresse réelle. Il peut jouir de sa vérité dans une âme et un corps.

On ne peut être absolument moderne que lorsqu'on a un cœur classique absolu. Question d'oreille : qui n'entend pas son cœur est perdu. Le Philosophe n'a pas cessé de l'entendre, au milieu du bruit et de la fureur révolutionnaires. Il continue de l'entendre dans les périodes d'abrutissement totalitaire ou publicitaire. Ce battement est baigné de lumière. C'est là où l'attend la déesse infernale, Perséphone, avec son disque de soleil noir. Contre toute attente, elle aussi est lumière. Pour l'instant, elle le berce, elle lui ouvre une nuit tranquille.

PERSÉPHONE

Chacun ses visions. L'un dit « Plus de lumière ! », un autre « Je vois un soleil noir d'où rayonne la nuit ». Le Philosophe, lui, couché sous son Portique, attend de ressusciter. L'eau vient se briser doucement sur les marches du grand escalier de marbre. Bien que son corps soit là, très en évidence, personne ne le voit. Il rêve qu'il se trouve sur une planète qui s'appelle « Terre », dont il ne connaît ni les habitants ni les usages. Il les apprendra.

D'où vient-il ? Il ne s'en souvient pas. Où va-t-il ? Il l'ignore. Il sait juste qu'il devait trouver le Portique, et s'allonger là. Pour combien de temps ? Peut-être un ou deux siècles. La Terre existera-t-elle encore, ou sera-t-elle absorbée, depuis longtemps, dans sa galaxie ? À vrai dire, le Philosophe, réduit à une poignée d'atomes, s'en fout royalement. Il n'est plus dans la représentation, mais dans la transformation subtile. Il connaît ce processus, variante de l'alchimie.

Le Philosophe Inconnu se recompose peu à peu, en restant le même. Il rentre dans son passé, retrouve ses lieux préférés, ses aventures, ses voyages, ses nuits d'amour à travers l'Europe, Vienne, Prague, Amsterdam, Barcelone, Venise. Chaque fois, des femmes, conduites par Perséphone, montent des Enfers jusqu'à lui. Perséphone leur dit de l'aimer, et elles l'aiment. Ce sont les mères du futur, qui n'ont retenu, de toutes les saloperies du passé, qu'un surcroît de douceur. Ne leur parlez pas de sexualité, cette vieillerie de l'Ancien Monde. Laissez-vous envelopper par leur magnifique frigidité.

Les filles de Perséphone, bien que supervicieuses quand il le faut, ont une sainte horreur de la vulgarité. Un écrivain qui emploierait sans arrêt les mots « bite », « chatte », « cul », serait aussitôt renvoyé sur terre, dans la grisaille de la misère dépressive. Il serait vite réduit à l'impuissance sous l'effet de la sérotonine. Le sérotonisé vit une malédiction particulière, tout lui semble mort, rien n'a de sens, même le suicide est impossible. Il regrette amèrement ses frasques d'autrefois, et finit tristement dans une conversion réactionnaire. En réalité, il a toujours détesté la Révolution, qui le laisse tomber, comme Perséphone, cette étoile polaire.

Perséphone a une manière bien à elle de *tourner la page.* Elle survole, parcourt, cueille, trie, classe, oublie. Tout le monde n'est pas digne de l'accompagner, *pour en savoir plus,* aux Enfers. Ses choix sont sévères, c'est une philosophe inconnue.

Une rumeur indiscrète, relayée par des féministes non initiées (en majorité, hélas), prétend que Perséphone, lors d'un de ses séjours sur terre, a eu une liaison non consentie avec le Philosophe Inconnu, pour lequel elle aurait gardé une tendresse particulière. Aphrodite en a souri, Athéna et Déméter ont laissé faire. Seule la jalouse Héra a insisté sur ce point obscur.

Perséphone est souterraine en automne et en hiver. Cette ravissante brune réapparaît au printemps, sur sa grande prairie semée d'asphodèles. Voyez-la, avec sa brassée de fleurs blanches, chantant à mi-voix son hymne à la vie du jour. Elle est entourée d'une grande approbation végétale. Fille d'un dieu, elle a été raptée par un autre dieu, son oncle (entendez son père). Il l'entraîne dans la nuit infernale, mais doit la libérer pendant six mois, en avril. Cet inceste lui donne une science forte comme les ténèbres, ce qui la rend encore plus resplendissante au printemps.

Le Philosophe, en la rencontrant un jour de mai mémorable, a tout de suite compris qu'il faisait partie, par exception, de ses plans. Elle l'a légèrement touché au front, en lui offrant une rose de rêve. Il la garde précieusement, comme preuve de son illumination. Cette fleur s'appelle *Désir*. Elle ne meurt pas, elle règne.

TÉLÉ

On a commencé à parler de plus en plus de « télé-réalité », jusqu'à ce que tout le monde admette que la seule réalité vraie était la télé. Le Philosophe a pris très tôt ses dispositions. Il peut faire fonctionner, sur dix appareils, plus de 200 chaînes câblées, toujours allumées sans le son, et qui lui permettent d'être en relation avec la planète entière. Il a ses présentatrices préférées, jamais américaines, surtout britanniques, rarement françaises. Il peut sans arrêt choisir un documentaire, passer de l'histoire du château de Versailles à la découverte des temples mayas, de l'inusable Hitler à la vie d'Einstein, des tortues des Galapagos à la disparition des banquises. Les violences confuses de l'actualité ne le retiennent pas longtemps, il s'endort.

De temps en temps, il regarde des séries, pour voir où en sont les femmes « réelles ». Il peut constater la dégradation provinciale des

Françaises, qui étalent leurs états d'âme ou leurs problèmes sexuels en direct. Les puritaines anglaises, avec leur détestation réservée des hommes, sont les plus excitantes, rusées, intelligentes, d'une bêtise mieux habillée, l'argent les gouverne. D'une façon générale, toute pruderie hypocrite éveille des tentations érotiques. Une jolie Portugaise, apparemment dévote, est mille fois plus désirable qu'une Suédoise émancipée hystérique. Peu importe : ce qui compte, dans les visages et les gestes, ce sont les éclairs de folie, plus ou moins refoulés. Sur ce point, au XXIe siècle, le Philosophe est servi.

Il constate que tous les figurants de la nouvelle réalité jouent maintenant dans un film. Leur bonne volonté, à cet égard, est ahurissante. Dans le ciné-réalisme, les rôles sont remplis simultanément. Les enfants, les hommes, les femmes jouent à la perfection aux enfants, aux hommes et aux femmes. Les religieux sont excellents dans leur genre, les sportifs et les hommes d'affaires aussi. Seuls les employés salariés du Spectacle finissent par paraître *naturels*. Le personnel politique, lui, *surjoue*, comme au théâtre, alors qu'on est au cinéma permanent. Les émeutiers, prévus au programme, sont aussi doués que les policiers qui les répriment. Les ambulanciers, les pompiers sont tous inspirés. Bref, la caméra tourne.

Le Philosophe se souvient d'avoir toujours joué dans son propre film. Très jeune, il a eu une période photographique intense, où il shootait tout ce qu'il voyait *pour rien*, des coins d'allées, un chat se faisant les griffes contre un tronc d'arbre, des rebords de toits, des parquets. Il possède ainsi un stock d'études considérable et sans intérêt, sauf pour lui. Même prolifération pour de petites vidéos qui lui permettent de relocaliser sa présence. Cette archive pourrait s'appeler *J'étais là*. Il avait donc conscience de la montée inexorable du Spectacle en train de submerger la vieille réalité. Cette activité était clairement associée, par lui, à sa propre disparition, comme perspective d'une fin du monde.

Une très belle fin du monde, océanique, bleue, légère, libératrice. Le noyé revoit sa vie, de façon précise et panoramique, dans les moindres détails. Oh cette pâquerette d'autrefois avec son « je t'aime, un peu, beaucoup, passionnément, à la folie, pas du tout » ! Oh cette bouteille de vin *ce soir-là* ! Oh, cet orage d'août, avec cette chérie sous la pluie !

Le Vieux Monde a cessé, le Philosophe peut rentrer chez lui, c'est-à-dire dans le Nouveau

Monde d'un autre réel. Les romanciers du vieux réalisme, infectés de ciné-télé, se sont trompés, même s'ils ont eu, brièvement, du succès. L'un d'eux, Michel Houellebecq, a cru pouvoir dire que (je cite) les chattes féminines attendaient sans arrêt des bites masculines. Ses souvenirs, lourdement porno, ont ahuri le directeur du *Monde des livres*, qui, à propos d'autres performances du même auteur, a proposé, sans rire, qu'on écrive à son sujet une « phénoménologie de la fellation. » Il est vrai que tout le monde ne peut pas écrire *La Phénoménologie de l'Esprit*. Une bonne idée pour *Le Monde des livres* serait de répondre longuement à la question : Hegel avait-il une *bite*?

CLITO

Si vous voulez connaître l'Histoire, tapez *Clio.* Si vous choisissez d'en pénétrer les dessous, croyez-moi, tapez *Clito.* Si vous êtes un homme, ne vous laissez pas abuser par la proposition de pénétration classique, au risque de vous retrouver avec un enfant conçu dans le dos. Il y a des bourreurs invétérés, dont les femmes, en général, ont bien raison de se plaindre. Ces arriérés compulsifs assurent, pour l'instant, la reproduction, mais ils seront de plus en plus dépassés par la procédure technique. On a beau les prévenir que leur bourrage répétitif déclenche immanquablement la VVB, la Vésicule Vaginale Biliaire, microscopique pédoncule invisible à l'œil nu, ils continuent à excéder leurs partenaires, qui, si elles ne tombent pas enceintes, les payent, en retour, d'une constante mauvaise humeur.

Clito ! Clito ! Clito ! Bouton d'or ! Pile atomique ! Clitomnestre ! Sapho ! Une femme avec un bon clito, souvent sollicité par elle-même, en vaut mille. Voyez-la, souriante, gracieuse, épanouie, humoristique, et même tendre. Clito ! Clito ! La paix au sein de la guerre ! Pas de lucidité sur Clio sans Clito !

Perséphone est coincée entre sa mère et son père, qui se fait passer pour son oncle. Son père la viole aux Enfers, sa mère l'étouffe sur terre. Vous la prenez à part, vous approuvez son clito, elle vous en sera éternellement reconnaissante. Se branler seule, c'est bien, se branler à deux, *avec les mots qu'il faut,* c'est mieux. Une *Phénoménologie du Clito* changerait la vie de foules entières. Clito, délicieuse déesse grecque ! Voyez comment, rien que pour vous, elle transforme sa froideur en mouillure ! Beauté criminelle ! Insoupçonnable ! Dissimulatrice sacrée ! Hypocrite et menteuse en surface, Sainte Nitouche touchée ! Surtout, en dehors des séances, pas un mot déplacé, aucune vulgarité ! Un air un peu strict, réservé, *britannique,* est de mise. Cette femme délicate et chic a beaucoup d'esprit, et pour cause.

Non seulement elle a de l'esprit, mais, en bonne vicieuse raisonnée, elle est sympathique, généreuse, hyper-sensible. Elle évalue les tourbillons du Spectacle de façon sarcastique, ne signe aucune pétition, n'aime pas les rassemblements. Elle s'éclipse des conversations, pense à sa vie amoureuse, mange peu, évite de grossir, aime beaucoup ses bijoux.

Tout cela est ensoleillé, vibrant, innocent, enfantin, unique, dans un contexte férocement *aplati*. On est donc passé d'une ère phallocratique à une longue période vaginocratique, et il faut maintenant s'habituer à une nouvelle ère clitocratique, pleine de surprises et de révélations. Le réglage technique de la procréation est contemporain d'une catastrophe climatique. Cette séquence révolutionnaire est encore masquée par un épais brouillard artificiel.

Les reines de la transition clitocratique sont, bien entendu, les Chinoises. On leur a bandé les pieds pendant des siècles, comme pour préparer ce *rebond* fabuleux. Elles courent, volent, s'envolent au-dessus de tours gigantesques, la moitié du ciel leur appartient, et, bientôt, le ciel tout entier. Un pied de Chinoise sur Vénus, voilà la vraie Révolution culturelle. Tout cela en silence, comme une marée. En surface, revendications démocratiques contrôlées, business, fausse gentillesse, surveillance massive, identifications faciales renforcées. Une expédition féminine chinoise est déjà dans l'Arctique, à la recherche du pétrole enfoui sous la banquise en train de fondre. Elle doit rejoindre bientôt sur place une autre expédition de femmes inuits équipée par le Canada. Ça va chauffer dans la glace.

TECHNIQUE

Peu d'individus acceptent de regarder en face, et en même temps, les désastres du XXe siècle. Staline et Hitler étaient monstrueux, Pétain gâteux, Mussolini au-delà du grotesque. Ce grand agité hurleur s'était mis en tête, dès 1920, d'éradiquer la mafia en Italie, c'est-à-dire d'abord en Sicile. C'était sans compter sur une gangrène historique, bénie par l'Église catholique, laquelle a résisté, de façon plus ou moins larvée, avec un fort soutien de la population. Depuis sa prison, aux États-Unis, le patron de la mafia, Luciano, donnait ses ordres, toujours exécutés. La Mafia, on le sait, est une grande famille. Son nom, pour elle-même, dit tout : la Tradition.

En 1943, ce parrain de haute volée se met au service des services secrets américains pour préparer le débarquement en Sicile. Luciano est chez lui, il veut même se faire parachuter pour guider les opérations. On le garde au frais, mais, selon ses ordres, tout se déroule sur le terrain comme par magie. Le fascisme italien s'écroule, et la mafia reprend tous ses droits en plein jour. Luciano est bientôt libéré, et développe aussitôt ses activités criminelles. Technique payante. Les sommes énormes dépensées à ce sujet n'ont jamais été répertoriées. La mafia saura se faire remercier d'avoir participé à la victoire des Alliés, pendant la Seconde Guerre mondiale.

Aujourd'hui, après ses merveilles spatiales, la NASA ne reste pas inactive et envoie une sonde, du nom de *New Horizons*, sur un caillou glacé, situé à 6,5 milliards de kilomètres, après un passage sur Pluton et ses lunes. Ce caillou s'appelle *Ultima Thulé*, et sera survolé à 51 500 km/h. C'est rapide et précis, par un froid de –223 °C. À quoi les choses ressemblaient-elles, il y a 4,6 milliards d'années ? Nous le saurons peut-être, avec, en renfort, les informations qui parviendront de la face cachée de la Lune, où les Chinois viennent de poser un module d'observation. Mao sur la Lune ! Deux ou trois Chinoises bientôt en promenade sur ce continent jamais vu !

Passons maintenant sous terre, à Barcelone, dans le lieu sinistre où sont concentrés des milliers d'ovocytes vitrifiés, entreposés dans des conteneurs en acier remplis d'azote liquide. De plus en plus de Françaises viennent là *pondre* leurs réserves qui pourront être inséminées un jour. Elles ont leurs raisons pour attendre une future grossesse, obtenue par décongélation des ovocytes stockés à –196 degrés, qui seront ensuite fécondés in vitro, avec un embryon déposé dans l'utérus de la cliente. Celle-ci doit payer 7 000 euros en moyenne, si l'on compte deux ponctions d'ovocytes, plus les frais de déplacement.

Voyez la charmante Vanessa, photographiée en train de se faire une injection pour stimuler l'ovulation, et suivons-la dans ce passionnant reportage :

« Vanessa a commencé la stimulation ovarienne depuis dix jours, en se faisant elle-même des injections dans le ventre pour entraîner la maturation de plusieurs ovules. Puis, après une énième échographie et prise de sang, elle a sauté dans un avion pour Barcelone. Demain, l'ovulation sera déclenchée, et les ovocytes seront prélevés sous anesthésie générale, comme le souhaite Vanessa. Un spéculum sera introduit dans son vagin, puis une seringue très fine aspirera ses ovocytes, guidée en direct grâce à une échographie. »

Vous avez suivi l'opération ? Vous avez du courage.

L'Ovocytographie commence son règne. Le problème sera de trouver suffisamment de sperme (il diminue chaque jour), dont la qualité, paraît-il, est plus que jamais douteuse. Les donneurs de gamètes ont encore de beaux jours devant eux, et leurs prix, au marché noir, augmentent sans cesse. L'étalon fécondeur est déjà recherché partout, on peut consulter des fiches. Le Philosophe a prévu cette pénurie : ses *paillettes* sont cryogénisées en Suisse, avec des conditions intellectuelles très strictes sur leur emploi éventuel in vitro. Les candidatures chinoises ont été aussitôt les plus nombreuses. On dirait que les Françaises, autrefois célèbres dans ces dimensions, sont de moins en moins portées vers une philosophie du désir.

SURPRISE

Le Philosophe doit s'occuper à la fois de l'infiniment grand, de l'infiniment petit, de l'infiniment long, de l'infiniment bref. Il y parvient, il veille, il devient un opéra fabuleux. Pour se reposer, il visite rapidement des scènes d'Histoire, et va jusqu'à projeter d'écrire un livre, dont le titre serait *L'Histoire révélée à elle-même*, dans le style de *La Bible enfin dévoilée*. Il abandonne, puisque personne ne lit plus vraiment ce qui est à lire. Il préfère dormir en restant éveillé.

Une très surprenante lettre de Rimbaud a été découverte récemment, pendant l'écriture de ce livre. Adressée à un ancien communard, réfugié en Angleterre, elle est datée, à Londres, du 16 avril 1874. Rimbaud écrit qu'il veut entreprendre un ouvrage en plusieurs livraisons, intitulé *L'Histoire splendide*. Il s'agirait « d'une série indéfinie de morceaux de bravoure historique, commençant à n'importe quelles annales ou fables ou souvenirs très anciens… d'une archéologie ultra-romanesque suivant le drame de l'histoire, du mysticisme de chic, roulant toutes controverses, du poème en prose à la mode d'ici, des habiletés de nouvelliste aux points obscurs… ».

Dans son style précipité, Rimbaud évoque aussi bien la Grèce que l'époque romaine, sans oublier un angle africain. Il y aurait, pêle-mêle, « le décor des religions, les traits du droit, l'enharmonie des fatalités populaires exhibées avec les costumes et les paysages, le tout dévidé à des dates plus ou moins atroces, batailles, migrations, scènes révolutionnaires souvent un peu exotiques, sans forme jusqu'ici… D'ailleurs, l'affaire posée, je serai libre d'aller mystiquement, ou vulgairement, ou savamment, mais un plan est indispensable ».

Rimbaud attend donc de l'argent pour se lancer dans son entreprise, dont il précise qu'elle sera écrite *en anglais. L'Histoire splendide* sera enfin la véritable Histoire, littéralement et dans tous les sens. En réalité, on peut en lire des passages entiers dans *Illuminations,* qu'il écrit chaque jour, en allant lire et écrire au British Museum. Il suffit, par exemple, d'ouvrir *Promontoire* :

« L'aube d'or et la soirée frissonnante trouvent notre brick au large, en face de cette villa et de ses dépendances, qui forment un promontoire aussi étendu que l'Épire et le Péloponnèse, ou que la grande île du Japon, ou que l'Arabie. »

Je me contente ici de souligner trois adverbes dans cette lettre sensationnelle de Rimbaud : *mystiquement, vulgairement, savamment.* Voilà le programme révolutionnaire pour une Histoire splendide enfin composée pour les siècles futurs. Verlaine, obsédé par le corps de Rimbaud, est peu doué pour l'Illuminisme, d'où l'invention absurde des « poètes maudits », sans parler de la fausse piste des « enluminures » (les « coloured plates ») pour parler d'*Illuminations.* Si vous avez appris qu'un Splendide Hôtel, incendié en 1872, se trouvait à Paris, au coin de la rue de la Paix et de l'avenue de l'Opéra, vous pouvez mieux lire ce passage d'*Après le Déluge* :

« Les caravanes partirent, et le Splendide Hôtel fut bâti dans le chaos de glaces et de nuit du pôle… »

Cette vision n'a rien d'une « enluminure », et Verlaine aurait été bien incapable de la penser.

Les sanglots longs des violons de l'automne n'ont jamais blessé le cœur de Rimbaud d'une langueur monotone. Dans sa lettre londonienne de 1874, il est très explicite :

« Je sais comment on se pose en double-voyant pour la foule, qui ne s'occupa jamais de voir, qui n'a peut-être pas besoin de voir. »

C'est sur ce double-voyant que Verlaine, exaspéré par la supériorité spirituelle de Rimbaud, a tiré un jour, au revolver, à Bruxelles. Rimbaud a retiré sa plainte à la police, et la mère de Verlaine a payé pour la publication d'*Une saison en enfer.* Rimbaud était aussi un homme d'affaires :

« À vendre les applications de calcul et les sauts d'harmonie inouïe, les trouvailles et les termes non soupçonnés, possession immédiate… »

ILLUMINATION

Rimbaud a-t-il rencontré le Philosophe Inconnu à Londres ? C'est probable. De l'Alchimie du Verbe aux Illuminations, il y a un saut énigmatique qui rayonne encore dans le temps profond. Cette lettre de 1874 vient de parvenir à son vrai destinataire à Paris, et qui pourrait la lire sinon lui ? Les phénomènes passent, il trouve les lois. Rien ne se perd, rien n'est jamais fini au paradis des mathématiques. Jésus et Laozi marchent calmement au bord d'un lac immense. Héraclite s'amuse avec des enfants, dans l'ombre de la cour du temple de Diane, à Éphèse. Mozart, dans une belle villa de Prague, chantonne dans sa chambre, et joue du piano.

Le Philosophe joue au ballon avec son fils de 8 ans, et c'est comme s'il avait lui-même 8 ans. Il lui apprend le langage de la forêt, le déchiffrement des cris d'oiseaux, la science des vents, la bonne façon de nager sans peine.

Il l'emmène souvent en bateau, et lui apprend la pêche. Il enregistre pour lui des tas de poèmes, lui demande de s'arrêter devant des dizaines de tableaux, l'emmène au concert pour entendre une de ses grandes amies, une cantatrice géniale. Le fils du Philosophe a, comme son père, une étonnante mémoire, et il est très bon en récitation. C'est un virtuose du vélo, et il court très vite.

Dans la nouvelle Histoire, chaque chose vient à son tour, telle est son excellence. L'idiotie générale se dénonce elle-même, la publicité vire à son contraire, il est toujours temps de se coucher de bonheur, les rêves sont d'une réalité redoutable. La légende douloureuse est abolie, on n'entend plus les gémissements de l'humanité pleurarde. La prolifération des discours sexuels s'éteint, ils ennuyaient trop la nature.

Le Philosophe a été initié très tôt par sa mère, pratique courante dans l'aristocratie française du XVIIIe siècle. On n'en parlait pas, voilà tout. Dans son cas, tout s'est passé naturellement, une nuit d'été, à la campagne. Ils sont seuls, elle a 35 ans, lui 15. Elle n'arrive pas à s'endormir, et lui propose de venir dans son lit. Elle sait qu'il bande, elle se serre contre lui, le reste s'ensuit. Pas un mot par la suite, mais il ne jouira jamais aussi bien de toute sa vie. Quelques mémorialistes précisent qu'on les a vus rire beaucoup ensemble.

Dans son genre, le Philosophe est une sorte de saint bizarre, qui n'arrête pas de prier un dieu connu de lui seul. Qu'il soit en mouvement ou au repos, il prie. En avion, en voiture, en train, en bateau, dans la rue, il prie. La prière devient sa respiration même. Il parle, et il continue de prier. Il rêve que la mort elle-même n'empêchera pas sa prière.

L'influence du Philosophe Inconnu sur Rimbaud est manifeste dans ces passages : « Je suis le saint en prière sur la terrasse, comme les bêtes pacifiques paissent jusqu'à la mer de Palestine. »

« Je suis le savant au fauteuil sombre. Les branches et la pluie se jettent à la croisée de la bibliothèque. »

Et aussi :

« Tu te mettras à ce travail : toutes les possibilités harmoniques et architecturales s'émouvront autour de ton siège. Des êtres parfaits, imprévus, s'offriront à tes expériences. Dans tes environs, affluera rêveusement la curiosité d'anciennes foules et de luxes oisifs. Ta mémoire et tes sens ne seront que la nourriture de ton impulsion créatrice. Quant au monde, quand tu sortiras, que sera-t-il devenu ? En tout cas, rien des apparences actuelles. »

On peut même dire que Rimbaud a écrit le plus bel hymne de l'Illuminisme :

« Mon âme éternelle,
Observe ton vœu,
Malgré la nuit seule
Et le jour en feu.

Donc tu te dégages
Des humains suffrages,
Des communs élans,
Tu voles selon... »

Pour cet incroyable *selon*, seule convient la musique de Mozart, membre des Illuminés de Bavière, mort en 1791, un an après la publication, à Paris, de *L'Homme de Désir.*

ÉVASION

Mort de Mozart en 1791, mort de Rimbaud en 1891. En 1991, le Philosophe publie, sous un autre nom, un roman, *La Fête à Venise*, dont l'exergue étrange est une formule de Spinoza :

« Qui a un corps apte au plus grand nombre d'actions, a un esprit dont la plus grande partie est éternelle. »

Que vient faire Spinoza dans un récit de la fin du XXe siècle, consacré principalement à Watteau ? Ce signal illuministe aurait dû attirer l'attention, mais la critique littéraire, aveugle comme d'habitude, n'a rien vu. L'auteur, pourtant, a multiplié les allusions très claires. Ayant plutôt du succès pour d'autres raisons, il semble s'être amusé d'une incompréhension aussi massive, le conduisant, depuis toujours, à une curieuse solitude.

Spinoza, célèbre évadé de sa communauté d'origine, n'a jamais été *professeur*, le Philosophe Inconnu non plus. Un génie, évadé de l'Université, est le personnage principal d'un autre roman du début du XXIe siècle, au titre ouvertement illuministe : *Une vie divine.* Vous avez reconnu là l'illuminé de Sils-Maria et de l'Éternel Retour, Nietzsche. Savait-il que le Philosophe Inconnu avait écrit un *Ecce homo*? Pas forcément, mais cette *rencontre* est logique, à croire que tous les esprits libres évoluent dans un ciel commun. Il suffit d'avoir le courage de s'évader du bourbier. Supprimez l'Illuminisme de l'Histoire, et tout devient sombre, chaotique, boueux. Introduisez-le, et tout s'éclaire.

Le Philosophe Inconnu, après avoir participé à la Révolution française, s'en est évadé, pour la poursuivre par d'autres moyens clandestins. On l'a vu un peu partout en Europe, surtout en Italie. On sait que, surveillé par la police, il a vécu un certain temps à Turin, ville ésotérique secrète. Signe des temps : jamais on n'aura vu, au cinéma, autant de délires hollywoodiens sur les « Illuminati », et leurs complots contre le Saint-Siège. Tonnes d'argent dépensé pour rien, prélude à un déluge obscurantiste et réactionnaire.

Le Philosophe ne va pas souvent au cinéma, ce qui lui évite des conversations inutiles. Il attend donc tranquillement l'effondrement général de la planète, dans un grand appartement de Venise, bien dissimulé près de la *Salute*, bourré de livres et de CD. Il a, à sa disposition, 220 chaînes câblées de télé, et une radio hyper-puissante. Les chaînes télé les plus cocasses émettent depuis le Moyen-Orient, et le *direct* permet de tout comprendre en quelques minutes, même si vous ne parlez pas la langue de la région. La grimace du mensonge financier télé est universelle. Vous avez le choix entre de nombreuses présentatrices, à sourires plus ou moins forcés. L'Italienne ou l'Espagnole sont saccadées, la Française bâcleuse, l'Allemande réfrigérante, la Russe steppique, l'Indienne ondulante, l'Israélienne militaire, l'Anglaise royale, l'Américaine tankiste boursière à mâchoire. Les voilées vous inspirent, les Asiatiques vous comblent. L'argent circule à flots dans tous les studios.

Une heure de zapping accéléré, et vous tenez dans votre main le globe. Vous vous évadez dans tous les remarquables clips publicitaires, vous ne ratez aucun communiqué important. Les gouvernements passent, la télé reste. Vous rêvez de rencontrer cette skieuse norvégienne, cette joueuse de tennis roumaine, cette basketteuse canadienne. À vous les fantasmes les plus débridés. Une manifestante vénézuélienne vous bouleverse, une chirurgienne lituanienne vous fait craquer. Vous vous rappelez tous les plans de films que vous aimeriez revoir, à cause de tel ou tel geste d'une héroïne rousse. Vous visionnez pour la vingtième fois un concert d'une de vos amies pianistes, pendant que le vol des mouettes, fusées silencieuses en tous sens, vous berce.

Le Philosophe se réveille, arrête le flot des images et des sons, allume une cigarette, et sort. Toutes les couleurs lui sautent au visage. Dégagé, ne pensant à rien, il a l'impression de marcher dans le bleu du ciel, qui est du noir à écarter, si l'on veut vivre, étincelle d'or, de la lumière *nature.* Ses pensées deviennent transparentes, il ressemble à une feuille poussée par le vent. Son désir fera surgir l'aventure. Il arrive sur les quais, et prend le premier bateau venu.

PENSÉE

Le Philosophe n'est pas devenu fou, il tient le Système. Aujourd'hui, de nouveau, il ouvre les yeux sur une chambre envahie de lumière, et met au moins 10 secondes (c'est interminable) à comprendre ce qu'il fait là, et pourquoi. Ces véritables absences d'être sont fréquentes depuis longtemps. Il se souvient d'en avoir eu dans son enfance, et elles le laissaient chaque fois étonné, et bizarrement rassuré. Si je n'étais plus là *du tout,* et que me revoici, intact et en pleine conscience, c'est que la mort n'existe pas, et voilà.

Et puis il comprend mieux : sa mort, qui ne ressemble à aucune autre, vit sa vie, et la diffuse, de plus en plus, dans une pleine présence. La vie est une mort, la mort est une vie, mais personne ne semble s'en rendre compte. Des religions en ont longuement parlé, elles ont disparu, et ne produisent plus de récits d'expériences intimes.

Sortir de soi-même vers l'au-delà remplit les bibliothèques, mais rentrer en soi, après en être sorti, est peu étudié. Le plus curieux est que le Philosophe, à travers ses variations d'identité, garde toujours le même esprit, comme si son illumination de jeunesse lui avait dit, une fois pour toutes, *tu seras qui tu seras*. Et il se retrouve, une fois de plus, après s'être complètement oublié, dans la même attitude ou le même geste.

L'illumination écrase le temps, et le fait bouillonner. Sans elle, la vie serait une routine, mais, grâce à elle, le désir reste désir, au cœur d'une possibilité toujours révolutionnaire. Les Illuminés continuent d'agir, on les croit absents, mais écoutez mieux ces romans très spéciaux, qui vous parlent directement, malgré le vacarme : ils sont là, ils n'ont pas cessé d'être là.

Après s'être oublié à fond pendant trois quarts d'heure, le Philosophe se remercie humblement d'exister. Il salue les arbres, les oiseaux, les marées, les étoiles, les brises, les fleurs. La pensée est un remerciement constant, rien d'autre, et son intensité envahit le corps tout entier, dans ses moindres ramifications nerveuses. Le cœur peut s'arrêter, la pensée vivra.

Bibliographie

Le livre universitaire sérieux sur le sujet est de Nicole Jacques-Lefèvre, *Louis-Claude de Saint-Martin, le Philosophe inconnu (1743-1803). Un illuministe au siècle des Lumières*, Paris, 2003.

DU MÊME AUTEUR

Aux Éditions Gallimard

FEMMES, *roman*, 1983 (Folio n° 1620).

PORTRAIT DU JOUEUR, *roman*, 1985 (Folio n° 1786).

THÉORIE DES EXCEPTIONS, *essai*, 1986 (Folio essais n° 28).

PARADIS II, *roman*, 1986 (Folio n° 2759).

LE CŒUR ABSOLU, *roman*, 1987 (Folio n° 2013).

LES FOLIES FRANÇAISES, *roman*, 1988 (Folio n° 2201).

LE LYS D'OR, *roman*, 1989 (Folio n° 2279).

LA FÊTE À VENISE, *roman*, 1991 (Folio n° 2463).

IMPROVISATIONS, *essai*, 1991 (Folio essais n° 165).

LE RIRE DE ROME. Entretiens avec Frans De Haes, 1992 (L'Infini).

LE SECRET, *roman*, 1992 (Folio n° 2687).

LA GUERRE DU GOÛT, *essai*, 1994 (Folio n° 2880).

SADE CONTRE L'ÊTRE SUPRÊME *précédé de* SADE DANS LE TEMPS (Quai Voltaire, 1989), 1996 (Folio n° 5841).

STUDIO, *roman*, 1997 (Folio n° 3168).

PASSION FIXE, *roman*, 2000 (Folio n° 3566).

ÉLOGE DE L'INFINI, *essai*, 2001 (Folio n° 3806).

LIBERTÉ DU XVIIIe, *textes extraits de* La Guerre du Goût, 2002 (Folio 2 € n° 3756).

L'ÉTOILE DES AMANTS, *roman*, 2002 (Folio n° 4120).

POKER. Entretiens avec la revue *Ligne de risque*, 2005 (L'Infini).

UNE VIE DIVINE, *roman*, 2006 (Folio n° 4533).

LES VOYAGEURS DU TEMPS, *roman*, 2009 (Folio n° 5182).

DISCOURS PARFAIT, *essai*, 2010 (Folio n° 5344).

TRÉSOR D'AMOUR, *roman*, 2011 (Folio n° 5485).

L'ÉCLAIRCIE, *roman*, 2012 (Folio n° 5605).

FUGUES, *essai*, 2012 (Folio n° 5697).

MÉDIUM, *roman*, 2014 (Folio n° 5993).

L'ÉCOLE DU MYSTÈRE, *roman*, 2015 (Folio n° 6282).

MOUVEMENT, *roman*, 2016 (Folio n° 6457).

COMPLOTS, *essai*, 2016.

BEAUTÉ, *roman*, 2017 (Folio n° 6545).

LETTRES À DOMINIQUE ROLIN 1958-1980, édition établie, présentée et annotée par Frans De Haes, 2017.

CENTRE, *roman*, 2018 (Folio n° 6615).

LE NOUVEAU, *roman*, 2019 (Folio n° 6777).

LETTRES À DOMINIQUE ROLIN 1981-2008, édition établie, présentée et annotée par Frans De Haes, 2019.

DÉSIR, *roman*, 2020 (Folio n° 6916).

LÉGENDE, *roman*, 2021.

Dans les collections L'Art et l'Écrivain ;
Livres d'art et Monographies

RODIN. Dessins érotiques, 1987, réédition 2017.

LES SURPRISES DE FRAGONARD, 1987, réédition 2015.

LE PARADIS DE CÉZANNE, 1995.

LES PASSIONS DE FRANCIS BACON, 1996.

Dans la collection À voix haute (CD audio)

LA PAROLE DE RIMBAUD, 1999.

Aux Éditions Flammarion

PORTRAITS DE FEMMES, 2013 (Folio n° 5842).

LITTÉRATURE ET POLITIQUE, *essai*, 2014.

DICTIONNAIRE AMOUREUX DE VENISE, version illustrée, en coédition avec les Éditions Plon, 2014.

Aux Éditions Fayard

Avec Julia Kristeva, DU MARIAGE CONSIDÉRÉ COMME UN DES BEAUX-ARTS, 2015.

Aux Éditions du Seuil

UNE CURIEUSE SOLITUDE, *roman*, 1958 (Points n° 185).

LE PARC, *roman*, 1961 (Points n° 28).

L'INTERMÉDIAIRE, *essai*, 1963.

DRAME, *roman*, 1965 (L'Imaginaire n° 227).

NOMBRES, *roman*, 1968 (L'Imaginaire n° 425).

LOGIQUES, *essai*, 1968.

L'ÉCRITURE ET L'EXPÉRIENCE DES LIMITES, *essai*, 1968 (Points n° 24).

SUR LE MATÉRIALISME, *essai*, 1971.

LOIS, *roman*, 1972 (L'Imaginaire n° 431).

H, *roman*, 1973 (L'Imaginaire n° 441).

PARADIS, *roman*, 1981 (Points n° 690).

L'ANNÉE DU TIGRE, *journal*, 1999 (Points n° 705).

L'AMITIÉ DE ROLAND BARTHES, 2015.

Aux Éditions Plon

CARNET DE NUIT, *essai*, 1989 (Folio n° 4462).

LE CAVALIER DU LOUVRE. Vivant Denon (1747-1825), *essai*, 1995 (Folio n° 2938).

CASANOVA L'ADMIRABLE, *essai*, 1998 (Folio n° 3318).

MYSTÉRIEUX MOZART, *essai*, 2001 (Folio n° 3845).

DICTIONNAIRE AMOUREUX DE VENISE, 2004.

UN VRAI ROMAN. Mémoires, 2007 (Folio n° 4874).

Aux Éditions Grasset

VISION À NEW YORK, *entretiens avec David Hayman* (Figures, 1981 ; Médiations/Denoël ; Folio n° 3133).

CONTRE-ATTAQUE, *entretiens avec Franck Nouchi*, 2016.

Aux Éditions Bayard

Avec Josyane Savigneau, UNE CONVERSATION INFINIE, 2019.

Aux Éditions Lattès

VENISE ÉTERNELLE, 1993.

Aux Éditions Desclée de Brouwer

LA DIVINE COMÉDIE, *entretiens avec Benoît Chantre*, 2000 (Folio n° 3747).

VERS LE PARADIS. Dante au Collège des Bernardins, *essai*, 2010.

Aux Éditions Carnets Nord

GUERRES SECRÈTES, 2007 (Folio n° 4995).

Aux Éditions Écriture

CÉLINE, 2009.

Aux Éditions Robert Laffont

ILLUMINATIONS, *essai*, 2003 (Folio n° 4189).

Aux Éditions Calmann-Lévy

VOIR ÉCRIRE, *entretiens avec Christian de Portzamparc*, 2003 (Folio n° 4293).

Aux Éditions Verdier

LE SAINT-ÂNE, *essai*, 2004.

Aux Éditions Hermann

FLEURS. Le grand roman de l'érotisme floral, 2006.

Au Cherche Midi Éditeur

L'ÉVANGILE DE NIETZSCHE, *entretiens avec Vincent Roy*, 2006 (Folio n° 4804).

GRAND BEAU TEMPS, 2009.

Aux Éditions de La Différence

DE KOONING, VITE, *essai*, 1988.

Aux Éditions Cercle d'Art

PICASSO LE HÉROS, *essai*, 1996.

Aux Éditions Mille et Une Nuits

UN AMOUR AMÉRICAIN, *nouvelle*, 1999.

Aux Éditions 1900

PHOTOS LICENCIEUSES DE LA BELLE ÉPOQUE, 1987.

Aux Éditions Stock

L'ŒIL DE PROUST. Les dessins de Marcel Proust, 2000.

Au Mercure de France

Dans la collection Traits et portraits

AGENT SECRET, 2021.

Préfaces

Paul Morand, NEW YORK, *GF Flammarion.*

Madame de Sévigné, LETTRES, *Éditions Scala.*

FEMMES MYTHOLOGIES, en collaboration avec Erich Lessing, *Imprimerie Nationale.*

D.A.F. de Sade, ANNE-PROSPÈRE DE LAUNAY. « L'AMOUR DE SADE », *Gallimard.*

Mirabeau, LE RIDEAU LEVÉ OU L'ÉDUCATION DE LAURE, *Jean-Claude Gawsewitch Éditeur.*

Willy Ronis, NUES, *Terre Bleue.*

Louis-Ferdinand Céline, LETTRES À LA N.R.F., *Gallimard* (Folio n° 5256).

COLLECTION FOLIO

Dernières parutions

6659. Étienne de Montety	*L'amant noir*
6660. Franz-Olivier Giesbert	*Belle d'amour*
6661. Jens Christian Grøndahl	*Quelle n'est pas ma joie*
6662. Thomas Gunzig	*La vie sauvage*
6663. Fabrice Humbert	*Comment vivre en héros ?*
6664. Angela Huth	*Valse-hésitation*
6665. Claudio Magris	*Classé sans suite*
6666. János Székely	*L'enfant du Danube*
6667. Mario Vargas Llosa	*Aux Cinq Rues, Lima*
6668. Alexandre Dumas	*Les Quarante-Cinq*
6669. Jean-Philippe Blondel	*La mise à nu*
6670. Ryôkan	*Ô pruniers en fleur*
6671. Philippe Djian	*À l'aube*
6672. Régis Jauffret	*Microfictions II. 2018*
6673. Maylis de Kerangal	*Un chemin de tables*
6674. Ludmila Oulitskaïa	*L'échelle de Jacob*
6675. Marc Pautrel	*La vie princière*
6676. Jean-Christophe Rufin	*Le suspendu de Conakry. Les énigmes d'Aurel le Consul*
6677. Isabelle Sorente	*180 jours*
6678. Victor Hugo	*Les Contemplations*
6679. Michel de Montaigne	*Des Cannibales / Des coches*
6680. Christian Bobin	*Un bruit de balançoire*
6681. Élisabeth de Fontenay et Alain Finkielkraut	*En terrain miné*
6682. Philippe Forest	*L'oubli*
6683. Nicola Lagioia	*La Féroce*
6684. Javier Marías	*Si rude soit le début*

6685.	Javier Marías	*Mauvaise nature.* Nouvelles complètes
6686.	Patrick Modiano	*Souvenirs dormants*
6687.	Arto Paasilinna	*Un éléphant, ça danse énormément*
6688.	Guillaume Poix	*Les fils conducteurs*
6689.	Éric Reinhardt	*La chambre des époux*
6690.	Éric Reinhardt	*Cendrillon*
6691.	Jean-Marie Rouart	*La vérité sur la comtesse Berdaiev*
6692.	Jón Kalman Stefánsson	*Ásta*
6693.	Corinne Atlan	*Petit éloge des brumes*
6694.	Ludmila Oulitskaïa	*La soupe d'orge perlé* et autres nouvelles
6695.	Stefan Zweig	*Les Deux Sœurs* précédé d'*Une histoire au crépuscule*
6696.	Ésope	*Fables* précédées de la *Vie d'Ésope*
6697.	Jack London	*L'Appel de la forêt*
6698.	Pierre Assouline	*Retour à Séfarad*
6699.	Nathalie Azoulai	*Les spectateurs*
6700.	Arno Bertina	*Des châteaux qui brûlent*
6701.	Pierre Bordage	*Tout sur le zéro*
6702.	Catherine Cusset	*Vie de David Hockney*
6703.	Dave Eggers	*Une œuvre déchirante d'un génie renversant*
6704.	Nicolas Fargues	*Je ne suis pas une héroïne*
6705.	Timothée de Fombelle	*Neverland*
6706.	Jérôme Garcin	*Le syndrome de Garcin*
6707.	Jonathan Littell	*Les récits de Fata Morgana*
6708.	Jonathan Littell	*Une vieille histoire.* Nouvelle version
6709.	Herta Müller	*Le renard était déjà le chasseur*
6710.	Arundhati Roy	*Le Ministère du Bonheur Suprême*
6711.	Baltasar Gracian	*L'Art de vivre avec élégance.*

		Cent maximes de L'Homme de cour
6712.	James Baldwin	*L'homme qui meurt*
6713.	Pierre Bergounioux	*Le premier mot*
6714.	Tahar Ben Jelloun	*La punition*
6715.	John Dos Passos	*Le 42e parallèle. U.S.A. I*
6716.	John Dos Passos	*1919. U.S.A. II*
6717.	John Dos Passos	*La grosse galette. U.S.A. III*
6718.	Bruno Fuligni	*Dans les archives inédites du ministère de l'Intérieur. Un siècle de secrets d'État (1870-1945)*
6719.	André Gide	*Correspondance. 1888-1951*
6720.	Philippe Le Guillou	*La route de la mer*
6721.	Philippe Le Guillou	*Le roi dort*
6722.	Jean-Noël Pancrazi	*Je voulais leur dire mon amour*
6723.	Maria Pourchet	*Champion*
6724.	Jean Rolin	*Le traquet kurde*
6725.	Pénélope Bagieu	*Culottées Livre II-partie 1*
6726.	Pénélope Bagieu	*Culottées Livre II-partie 2*
6727.	Marcel Proust	*Vacances de Pâques* et autres chroniques
6728.	Jane Austen	*Amour et amitié*
6729.	Collectif	*Scènes de lecture. De saint Augustin à Proust*
6730.	Christophe Boltanski	*Le guetteur*
6731.	Albert Camus et Maria Casarès	*Correspondance. 1944-1959*
6732.	Albert Camus et Louis Guilloux	*Correspondance. 1945-1959*
6733.	Ousmane Diarra	*La route des clameurs*
6734.	Eugène Ébodé	*La transmission*
6735.	Éric Fottorino	*Dix-sept ans*
6736.	Hélène Gestern	*Un vertige* suivi de *La séparation*
6737.	Jean Hatzfeld	*Deux mètres dix*
6738.	Philippe Lançon	*Le lambeau*

6739.	Zadie Smith	*Swing Time*
6740.	Serge Toubiana	*Les bouées jaunes*
6741.	C. E. Morgan	*Le sport des rois*
6742.	Marguerite Yourcenar	*Les Songes et les Sorts*
6743.	Les sœurs Brontë	*Autolouange* et autres poèmes
6744.	F. Scott Fitzgerald	*Le diamant gros comme le Ritz*
6745.	Nicolas Gogol	*2 nouvelles de Pétersbourg*
6746.	Eugène Dabit	*Fauteuils réservés* et autres contes
6747.	Jules Verne	*Cinq semaines en ballon*
6748.	Henry James	*La Princesse Casamassima*
6749.	Claire Castillon	*Ma grande*
6750.	Fabrice Caro	*Le discours*
6751.	Julian Barnes	*La seule histoire*
6752.	Guy Boley	*Quand Dieu boxait en amateur*
6753.	Laurence Cossé	*Nuit sur la neige*
6754.	Élisabeth de Fontenay	*Gaspard de la nuit*
6755.	Elena Ferrante	*L'amour harcelant*
6756.	Franz-Olivier Giesbert	*La dernière fois que j'ai rencontré Dieu*
6757.	Paul Greveillac	*Maîtres et esclaves*
6758.	Stefan Hertmans	*Le cœur converti*
6759.	Anaïs LLobet	*Des hommes couleur de ciel*
6760.	Juliana Léveillé-Trudel	*Nirliit*
6761.	Mathieu Riboulet	*Le corps des anges*
6762.	Simone de Beauvoir	*Pyrrhus et Cinéas*
6763.	Dōgen	*La présence au monde*
6764.	Virginia Woolf	*Un lieu à soi*
6765.	Benoît Duteurtre	*En marche !*
6766.	François Bégaudeau	*En guerre*
6767.	Anne-Laure Bondoux	*L'aube sera grandiose*
6768.	Didier Daeninckx	*Artana ! Artana !*
6769.	Jachy Durand	*Les recettes de la vie*
6770.	Laura Kasischke	*En un monde parfait*
6771.	Maylis de Kerangal	*Un monde à portée de main*
6772.	Nathalie Kuperman	*Je suis le genre de fille*
6773.	Jean-Marie Laclavetine	*Une amie de la famille*

6774.	Alice McDermott	*La neuvième heure*
6775.	Ota Pavel	*Comment j'ai rencontré les poissons*
6776.	Ryoko Sekiguchi	*Nagori. La nostalgie de la saison qui vient de nous quitter*
6777.	Philippe Sollers	*Le Nouveau*
6778.	Annie Ernaux	*Hôtel Casanova* et autres textes brefs
6779.	Victor Hugo	*Les Fleurs*
6780.	Collectif	*Notre-Dame des écrivains. Raconter et rêver la cathédrale du Moyen Âge à demain*
6781.	Carole Fives	*Tenir jusqu'à l'aube*
6782.	Esi Edugyan	*Washington Black*
6783.	J.M.G. Le Clézio	*Alma*. À paraître
6784.	Emmanuelle Bayamack-Tam	*Arcadie*
6785.	Pierre Guyotat	*Idiotie*
6786.	François Garde	*Marcher à Kerguelen*. À paraître
6787.	Cédric Gras	*Saisons du voyage*. À paraître
6788.	Paolo Rumiz	*La légende des montagnes qui naviguent*. À paraître
6789.	Jean-Paul Kauffmann	*Venise à double tour*
6790.	Kim Leine	*Les prophètes du fjord de l'Éternité*
6791.	Jean-Christophe Rufin	*Les sept mariages d'Edgar et Ludmilla*
6792.	Boualem Sansal	*Le train d'Erlingen ou La métamorphose de Dieu*
6793.	Lou Andreas-Salomé	*Ce qui découle du fait que ce n'est pas la femme qui a tué le père* et autres textes psychanalytiques
6794.	Sénèque	*De la vie heureuse* précédé de *De la brièveté de la vie*
6795.	Famille Brontë	*Lettres choisies*
6796.	Stéphanie Bodet	*À la verticale de soi*

6797.	Guy de Maupassant	*Les Dimanches d'un bourgeois de Paris* et autres nouvelles
6798.	Chimamanda Ngozi Adichie	*Nous sommes tous des féministes* suivi du *Danger de l'histoire unique*
6799.	Antoine Bello	*Scherbius (et moi)*
6800.	David Foenkinos	*Deux sœurs*
6801.	Sophie Chauveau	*Picasso, le Minotaure. 1881-1973*
6802.	Abubakar Adam Ibrahim	*La saison des fleurs de flamme*
6803.	Pierre Jourde	*Le voyage du canapé-lit*
6804.	Karl Ove Knausgaard	*Comme il pleut sur la ville. Mon combat - Livre V*
6805.	Sarah Marty	*Soixante jours*
6806.	Guillaume Meurice	*Cosme*
6807.	Mona Ozouf	*L'autre George. À la rencontre de l'autre George Eliot*
6808.	Laurine Roux	*Une immense sensation de calme*
6809.	Roberto Saviano	*Piranhas*
6810.	Roberto Saviano	*Baiser féroce*
6811.	Patti Smith	*Dévotion*
6812.	Ray Bradbury	*La fusée* et autres nouvelles
6813.	Albert Cossery	*Les affamés ne rêvent que de pain*
6814.	Georges Rodenbach	*Bruges-la-Morte*
6815.	Margaret Mitchell	*Autant en emporte le vent I*
6816.	Margaret Mitchell	*Autant en emporte le vent II*
6817.	George Eliot	*Felix Holt, le radical.* À paraître
6818.	Goethe	*Les Années de voyage de Wilhelm Meister*
6819.	Meryem Alaoui	*La vérité sort de la bouche du cheval*
6820.	Unamuno	*Contes*
6821.	Leïla Bouherrafa	*La dédicace.* À paraître

6822. Philippe Djian — *Les inéquitables*
6823. Carlos Fuentes — *La frontière de verre.* Roman en neuf récits
6824. Carlos Fuentes — *Les années avec Laura Díaz.* Nouvelle édition augmentée
6825. Paula Jacques — *Plutôt la fin du monde qu'une écorchure à mon doigt.* À paraître
6826. Pascal Quignard — *L'enfant d'Ingolstadt. Dernier royaume X*
6827. Raphaël Rupert — *Anatomie de l'amant de ma femme*
6828. Bernhard Schlink — *Olga*
6829. Marie Sizun — *Les sœurs aux yeux bleus*
6830. Graham Swift — *De l'Angleterre et des Anglais*
6831. Alexandre Dumas — *Le Comte de Monte-Cristo*
6832. Villon — *Œuvres complètes*
6833. Vénus Khoury-Ghata — *Marina Tsvétaïéva, mourir à Elabouga*
6834. Élisa Shua Dusapin — *Les billes du Pachinko*
6835. Yannick Haenel — *La solitude Caravage*
6836. Alexis Jenni — *Féroces infirmes*
6837. Isabelle Mayault — *Une longue nuit mexicaine*
6838. Scholastique Mukasonga — *Un si beau diplôme !*
6839. Jean d'Ormesson — *Et moi, je vis toujours*
6840. Orhan Pamuk — *La femme aux cheveux roux*
6841. Joseph Ponthus — *À la ligne. Feuillets d'usine*
6842. Ron Rash — *Un silence brutal*
6843. Ron Rash — *Serena*
6844. Bénédicte Belpois — *Suiza*
6845. Erri De Luca — *Le tour de l'oie*
6846. Arthur H — *Fugues*
6847. Francesca Melandri — *Tous, sauf moi*
6848. Eshkol Nevo — *Trois étages*
6849. Daniel Pennac — *Mon frère*
6850. Maria Pourchet — *Les impatients*

374676

Composition PCA
Impression Novoprint
à Barcelone, le 25 février 2021
Dépôt legal : février 2021
ISBN 978- 2-07-292632-7./Imprimé en Espagne.